死神飯に首ったけ!
腹ペコ女子は過保護な死神と同居中

神原オオカミ Ohkami Kanbara

アルファポリス文庫

https://www.alphapolis.co.jp/

プロローグ

「――死なんといて」

線路に飛び降りた瞬間、手を掴まれると同時に聞こえてきたハスキーな声。

朱夏(しゅか)は声のしたほうに空虚(くうきょ)な視線を向ける。

そこに立って朱夏を引きとめていたのは、黒い細身のスーツに真っ黒なネクタイの人物。なんとも不吉ないで立ちは、まるで死神――

しかし派手な金色の髪の毛が、その青年から不吉らしさを払拭(ふっしょく)していた。

「ええか、門宮(かどみや)朱夏。絶対に死んだらあかん」

彼が口を開いた瞬間、文字通り世界が止まった。

駅の雑踏も電車の行き来する音も、ホームのアナウンスさえも、一切耳から消える。

気づけば、目に映るすべての人間が、ぴたりと蝋人形(ろうにんぎょう)のように動かない。

つまり、朱夏は空中に浮いたまま止まっていた。

驚く間もなく、さらに金髪の青年が口を開く。

「あんたが今ここで電車に飛び込んで自殺するとなぁ、このあと二万人の人間に迷惑がかかんねん。そのせいで遅刻してしもた新入社員の山野辺（やまのべ）くん、家族の死に目に会えへんかった神代（かみしろ）さん、部長の結婚式に間に合わへんかった山崎（やまざき）さん他、二百八十九人が死ぬ」

　金髪黒服の青年は眉根を寄せると、淡々と朱夏に告げた。

「それで、第二波的に三井田（みいだ）さん、鴻池（こうのいけ）さん、田中（たなか）さんらをはじめとする六百六十五人が交通事故に巻き込まれて人生ぽしゃんや。さらに自殺に追いやられてしまう被害者が二千六百八十九人――……で、航空機墜落事故が起きて数千人の被害に、列車の脱線事故で数百人」

　一体この人はなにを言っているのだと、朱夏は目を白黒させた。

「あんたの自殺が引き金で、とある実業家の莫大な遺産の超複雑な相続権が宙にさまよう結果になって、親族同士による泥沼の遺産相続争いが勃発。巻き込まれて殺人やらなんやらまぁ色々起こって数十人は死ぬし、罪を背負わんでもよかった人間まで芋づる式で豚箱行きや」

　青年は、見るからに目を引く剽悍（ひょうかん）な顔を朱夏に近づけてきた。

「あんたが死ぬと総合計で三万人規模の人間に迷惑がかかんねん。しかも死ぬはずやなかった人々が、なーんと六千人近くも出てしまうんや。それを引き起こす人間のことを、俺たちはスプレッダーって呼んどんねん。意味わかる？」

「………わかりません」

「そうやろな」

　彼は朱夏を駅のホームに引っ張って立たせるなり、盛大にため息を吐く。

「要約すると、あんた一人が自殺することで俺たちの仕事が猛烈に増えるんや‼　その事後処理がめっちゃめんどくさいねん！　だから死なんといて――……わかった？」

「は………はいっ⁉」

　青年は肩をすくめると、怖い表情を一変させて目元をふっと緩めた。

「顔色悪すぎ。なんも食べてへんのとちゃうん？」

　ポンと叩かれた肩から伝わる温もりとともに、世界の音が耳に戻って人々が動き出す。

「とりあえず俺がなんか飯作ってやるから死ぬな、門宮朱夏。ええな？」

　――それが、朱夏と死神〈辰（しん）〉との初めての出会いだった。

第一章

レシピ1　和風おろしハンバーグ

世の中に闇金が存在すると朱夏が知ったのは、今から約半年ほど前のことになる。

ある日、アパートの扉を乱暴に叩く音がして、開けると厳つい男の人たちが笑顔で立っていた……そこで朱夏は、伯父が事業に失敗したことを知った。

それは、社会人二年目に突入する前の冬の出来事だった。

伯父が闇金融から借りた金額は、およそ一千万円――

最悪なことに、伯父は自分の息子ではなく、朱夏の名前を連帯保証人の欄に勝手に記入していたのだ。

そういうわけで、未払いで夜逃げした伯父の代わりに、借入額と利子の支払いが朱夏の責務になった。

苦労して自分を育ててくれた両親に心配をかけられず、朱夏は家族に相談することができなかった。

自力で返済を頑張ろうと意気込み、初めは給料から少しずつ返していた。そのうちきっと、伯父も戻ってきてくれると信じていた。

しかし、現実はそんなに甘くない。

週末だけだった取り立てが週に二回三回と増え、借りていたアパートの大家から出ていくように催促（さいそく）されてしまった。

返済を始めて半年も経たず精神的に追い詰められた朱夏は、食べ物が喉を通らず、みるみる痩（や）せて顔色が悪くなっていった。

限界だったせいもあり、駅のホームで線路を見ているうちに、ふと天国に行ける階段だと錯覚したのは、仕方なかったかもしれない。

だが……

電車に飛び込もうとした朱夏を止めたのが死神とは、一体誰に予想できただろうか。

しかも、「あんたが死ぬと仕事が増える！」という、なんとも不真面目な仕事っぷりを予想させる理由で。

おまけに辰は、死神と聞いて連想する大きな鎌も持たず、骸骨（がいこつ）でもなかった。

朱夏をアパートに連れ戻したあと、彼は『俺がなんとかしてやるから、まず飯を食え』と言った。

そして温かい重湯（おもゆ）を作って、朱夏に食べさせてくれたのだった。

……辰の作った食べ物を泣きながら口に運び、朱夏は死ぬことをやめた。

それから数日後。

辰は耳をそろえて借金を返済し、あっという間に取り立て屋を追い返してしまったのだ。さらには、用意したという一軒家に朱夏を住まわせてくれた。

まさに青天の霹靂。

人生のどん底にいた朱夏の生活は、彼のおかげで一気に変わったのだった。

——その日以来、朱夏は辰と一緒に暮らしている。

（あれが、つい一か月前のことなんて、今も信じられない）

最寄り駅で電車を待ちながら、朱夏はあの頃をぼんやり思い出した。

あんなに朱夏を苦しめていた借金の返済があっさり解決した裏には、なんと辰の職場である〈天国〉が絡んでいた。

人は生きている間、無意識に死後に使うお金を天国に貯金しているらしい。

辰は朱夏が今までに貯めていた〈天国貯金〉を現金化し、借金の返済に充てたのだという。一軒家の購入にはその残りの貯金を使った。

……そういうわけで現在、二十三年間貯めた朱夏の天国貯金の残額はゼロ。

辰いわく〈徳〉や〈善行〉によって天国貯金は貯まるという話だ。なので、また頑張ればいいと言われている。

借金に悩む暗黒の日々から解放されたが、今度は死後の貯蓄を増やすべく修行の毎日が始まった。

（でもまさか、死神の手料理を食べる日が来るなんて、考えもしなかったな）

食べるどころか生きる気力さえ失っていた朱夏に、辰はずっと料理を作ってくれている。

そのおかげで健康になったのはいいが、すっかり胃袋を掴まれてしまった。

朝食のカリカリに焼いたベーコンが美味しかったと思い出していると、電車がホームに入ってくる。

朱夏はよし、とお腹に力を入れて、すでに人でぎゅうぎゅうになっている電車に乗り込んだ。

酸欠になりそうなのを我慢していると、やっと会社の最寄り駅に到着し扉が開いた。

人にぶつからないように階段を上って外に出ると、朝方まで降っていた雨で地面が濡れていた。梅雨時期特有のじめっとした空気が、体中にまとわりついてくる。

会社までは駅から歩いて五分ほど。

水たまりに気をつけながら下を向いて歩いていると、地面に落ちているキラキラしたものが目に入った。

「百円……？」

落とした人はどこだろうとあたりを見回したが、あいにく通行人はまばらだ。

（素通りするのもなんかなあ……あ、そうだ！）

朱夏はそれを拾うと、道の先の四つ角にあるコンビニに立ち寄った。まっすぐレジに向かい、拾ったお金をレジ横の募金箱に入れる。

途端。

――チャリーン！

頭の中で、貯金箱にお金が落ちるような、金属がこすれ合う音が聞こえてくる。

左右を確認したが、小銭を落とした人はいない。しかもどうやら朱夏にしかその音は聞こえていないようだ。

そういえば今朝、辰が『天国貯金ができた時、朱夏にもわかりやすいように音が鳴る仕組みにしといた』と言っていたのを思い出す。

（もしかして今、天国に貯金できたのかも――！）

朱夏は嬉しくなって、ニコニコしながらコンビニを出た。店を出て空を見上げると、分厚かった雲が風に流されて、青空が見えてきた。

朱夏だけでなく、通りを歩いていた人々が顔を上げて日差しを確認する。数日ぶりの太陽の出現に、心は一気に晴れ上がった。

＊

　仕事を終えて自宅に帰ってくるなり、朱夏はすぐさまキッチンに駆け込んだ。

　そこに、マッシュパーマの髪を派手な金色に染め、少し長い襟足を一つに括った同居人の姿が見える。

「ただいまー……あぁ、なにこの罪深い肉の香り！　シン、今日の晩ご飯なあに？」

　朱夏の声に、辰はニヤリと笑いながら顔を上げた。

「おかえり。なんやと思う？」

　彼はつい先日まで、細身の身体に似合うタイトな漆黒のスーツとネクタイの、いかにも死神らしい格好をしていた。

　だが、さすがに夏も近づいて暑くなってきたため、上着とネクタイは省略したようだ。

　料理をしている辰に近づきながら、朱夏は鼻をくんくんさせる。

「んー、このお肉の焼けるジューシーな香りは……ハンバーグ？」

「大正解。よだれ垂らす前に、手洗ってうがいしてき」

「はーい！」

じゅーっと肉が焼ける音とともに、香ばしい匂いがキッチンに充満する。

美味(おい)しい空気を胸いっぱい吸い込んでから、朱夏は手を洗うためバスルームへ駆け込んだ。

そこで鏡に映った自分を見る。一か月前と比べて、明らかに顔色の良くなった顔が映っていた。

「………よかった」

元気そうな自分の顔を確認し、ホッとした。

手を洗って夕飯の様子を見に行くと、辰がお皿の隅っこに蓮根とインゲンとニンジンをきれいに盛り付けている。覗き込んでいる朱夏に気づくなり眉毛を吊り上げた。

「はよ着替えてこんかい。どうせこぼすんやし……あつあつ食いたいやろ、急ぎ」

「うん！」

急いで自分の部屋へ向かい、通勤服から部屋着に着替えて階段を駆け下りた。子どもかよと言わんばかりに、辰が朱夏を見ながら苦笑する。

「わ、わ、わ、美味(おい)しそう！」

あつあつに焼けたこぶし大のハンバーグの上には、シソの葉が載せられている。

辰はその上に、山になるほど大根おろしを盛り付けた。

「朱夏、ご飯よそって。味噌汁も」

今にもよだれを垂らしそうな朱夏に、辰はすかさず指示を出す。

「それから、冷蔵庫からサラダ取って」

「あー、お味噌汁の匂いやばーい……」

「今日はエノキとワカメの味噌汁。味は死神様の保証書付きやで」

「保証書はなんだか怪しいけど、シンのご飯ならなんでも美味しい」

「大袈裟やな」

出来上がったハンバーグの皿を、辰がテーブルマットの上に置いたら夕飯の完成だ。

すでに二人の定位置になった直角の席に座って、手を合わせた。

〈本日の晩ご飯〉
　和風おろしハンバーグ
　エノキとワカメの味噌汁
　レタスとミニトマトのサラダ
〈デザート〉
　冷やした桃

「いただきます！」

「どおぞ」

まだ湯気が出ているハンバーグに、朱夏はさっそく箸先を入れた。

ふっくらしたお肉はグッと反発してへこんだあと、すぐに湯気と肉汁をこぼしながらほくほく割れる。

「わあ……じゅわーってしてる！」

朱夏は断面から溢れ出る肉汁を二秒ほどうっとりと見つめる。

そして、ポン酢がまんべんなくしみわたった大根おろしとシソの葉を、ハンバーグに載せて口に運んだ。

「んんんっ――――！」

アツアツのお肉からたっぷりのうまみが溢れ出し、大根おろしと一緒に舌をとろけさせる。シソの香りが鼻に抜けて、肉汁が口いっぱいに広がっていく。

「おいひい！　幸せ！」

喜びが溢れ返っている朱夏の顔を見て辰は苦笑いした。

「わかったからアホ面やめて口閉じ。こぼすで」

朱夏が眉を寄せて美味しさに感動していると、チャリーンと頭の中で音が鳴った。

箸を止めて、二人は顔を見合わせる。

「……あー、あれや。朱夏がほんまに心の底から『幸せや』と思ったから、天国に貯金できたんや」

「そんなことでも、天国貯金って貯まるの？」

「難しいことせなあかんのやったら、天国バンクとっくに経営破綻しとるわ」

「美味しいご飯を美味しいって言っただけで徳が積めるなら、毎日百万回言っちゃう！」

「口先だけやなくて、きちんと思いを込めて言葉にしなあかんねんで。ほんまに百万回言うてみ？　言えたらフルコース出したるわ」

百万回分の感謝を込めて、朱夏はもう一度笑顔で「美味しい！」と言う。そのまま箸が止まらず、あっという間にハンバーグを平らげてしまった。

おかわりはないのかなときょろきょろしていると、辰がため息を吐きながら立ち上がった。フライパンを持って来ると、朱夏の前で蓋を開ける。

そこにはハンバーグがもう一つ焼いてあった。

「こんなに食べたら太る言うやろから、俺と半分こな」

「すごい、なんで私が思っていることわかっちゃうの？」

辰は意味深にニヤッとしてから、まだ湯気の立ち上るハンバーグを半分に切って、各々の皿によそう。

朱夏は大根おろしがひたひたになるまでポン酢をかけて、肉の上にたくさん載せた。

口に入れると、ポン酢の酸味とお肉の甘みがたまらない。

「もういいや……だって、太ったらシンのせいだもん」

「せやから半分こ言うたやん！　俺のせいにされて、嫁に行けへんとか言われたらかなわへん」

おかわりの半分もぺろりと食べてしまってから、朱夏は口を尖らせる。

「なんやその顔」

「……もう一口食べたい」

「…………ぷっくぷくになっても、俺のせいちゃうで」

辰はハンバーグを一口切ると、朱夏の皿にぽんと置く。

「ありがとうシン！」

こうして朱夏は、胃袋を掴んで離さない料理上手な死神と一緒に、徳を積む修行をしているのだった——

レシピ2　特製ごまダレ冷やしそうめん

朱夏が自殺をすると、三万人もの人々に影響が出て、事後処理をする天国の死神課の仕事が増えすぎて猛烈に面倒になる……らしい。

なんとも言えない理由だが、死神である辰が朱夏の自殺を止める正当性はある。

辰と一緒に生活するうちに、彼の作る手料理が美味しくて朱夏は毎日生きる気力が湧いてきた。

今朝のご飯は、厚焼き卵サンド。

ふっくら焼き上がった厚焼き卵は、見た目にもジューシーだ。それを挟んだサンドイッチは想像の上を行く美味しさだった。

朱夏は口いっぱいに食パンを頬張りながら、辰にもう一度現状の説明を頼む。

「ええか、よお聞き。普段使ってない耳を最大限活躍させ」

面倒見のいい死神は、天国にある〈天国バンク〉の仕組みをわかりやすく解説し始める。

「人生を謳歌している間、人間は死後に使う金を天国バンクに貯金できんねん。それは〈徳〉とか〈善行〉を積むことで、勝手に貯まっていくもんなんや。まあ要するに、ええことしいやって話やで」

辰はドリッパーで落としたホカホカのコーヒーを入れたマグカップを、朱夏に差し出した。

「……ブラック飲めない」

「ガキかいな。牛乳出したろか？」

「ガキじゃなくてレディです。豆乳がいい！」

「はいはいアホ面レディさん。ほれ、豆乳」

ブラックコーヒーを楽しむ辰の脇で、朱夏は豆乳をタプタプ入れた。

「んん、自宅でソイラテ的な！　幸せ！」

――チャリーン！

百円玉を拾って募金箱に入れた時と同じ音が、脳内とリビングに響く。

「この音はな、俺とアホ面の朱夏にしか聞こえへん。これが鳴ったら、天国に貯金できたっていう合図やで。貯金できたのがわかりやすいやろ？」

「たしかに！」

辰は貯金時に音が鳴るシステムの導入を、ボス神と壮大な舌戦を繰り広げた果てに勝ち取ったと、心底ムッとした顔で説明した。

コーヒーを一口飲んでから、辰は話を続ける。

「普通、天国貯金は死後に天国でしか使えへんねんけど、今回は特別に現金に換えた。お前のおっさんのこしらえた借金返済のためにな」

朱夏の伯父は、新事業の資金を銀行から借り入れできず、闇金融から借金をした。

勝手に連帯保証人にされてしまっていた朱夏は、盛大にとばっちりを受けた。

「私の天国貯金はすごく貯まってたんだね」

　辰は肩をすくめる。

「貯まっててんけどもうすっからかんや。また増やさんとほんまに死んだ時やばい。せやから、毎日一回はええことしいやって言うてんの」

　現世の借金は消えたが、同時に天国の貯金も尽きたため、朱夏は毎日コツコツ善行を積むための修行中だ。

「でもそれなら、伯父さんの天国貯金を使ってくれたらよかったのに……」

　もっともなことを呟くと、辰はため息を吐く。

「審査が通らんやろ。それに、朱夏かて死のうと思ったんやから、罪はあるんやで」

　原因は伯父のせいかもしれないが、自死を選んだのは自分だ。

　それとこれは別なのだと辰は厳しい顔で告げる。

「命を粗末にしたらあかんで」

「めちゃくちゃ反省してる。シンが止めてくれなかったら、この厚焼き卵サンドを食べられないままだったわけで……」

「そこかいな！」

　辰は「ほんまに食い意地はっとんねんな」と脱力しながら笑った。

「実は〈徳〉も〈善行〉も簡単なことや」

「そうは言うけど、いざ実践しようとすると難しいんだよね」

「難しくないで。感謝したり心を幸せで満たしたりしておけば、すぐ貯まる」

朱夏は一言一句呑み込むように、ゆっくり頷いた。

「一日一善、頑張ってき。そしたら、晩飯に美味いもんが待っとる」

「……うん、わかった！」

朱夏の笑顔に、辰はホッとしたように目元を緩めたのだった。

我が家となった一軒家を出ながら、朱夏は感謝の気持ちが押し寄せてくる。

取り立て屋に家の扉を叩かれる恐怖も、不安や憂鬱で胸が潰れそうな夜も、泣きながら迎える朝も消え去った。

食べ物が喉を通らず、どんなに美味しい料理も味がしなかったのが、まるで嘘のようだ。

（全部シンがどうにかしてくれたから……。でも次は、私がちゃんとする番だ）

彼の作る手料理の美味しさと温もりに、毎日帰宅するのが待ち遠しい。おかげで、仕事を頑張ろうと思えるようにもなった。

一人じゃないことは心強い。誰かと一緒に食べるご飯は楽しい。

共働きの両親とは食事を一緒にした経験が少ないので、朱夏は帰宅して誰かが家にいてくれることに幸せを感じていた。

今日あった出来事を話しながら食べる夕食は、一日のうちで一番楽しくて満たされる時間だ。

辰の料理から、朱夏は日に日に活力を得ているのを実感していた。

（ああ、今日のお弁当と晩ご飯なんだろう……？）

朝飯を食べたばかりなのに、電車に揺られるとすぐにお腹が減ってくる。朝食のカロリーなんて、満員電車に乗るだけでゼロだ。

（やばい、もうお腹空いてきた）

改札に向かって歩いていると、後ろから駆けてきたサラリーマンがぶつかってきた。

脇腹に強く鞄が当たったため、朱夏は思い切りよろけた。

「痛っ……」

しかしサラリーマンは謝りもせずそのまま走り去っていく。

（え、え――……っ⁉）

朱夏は伸ばした手を虚しく空中に残したまま、口をパクパク開けた。

「ちょ、ちょっ待っ……待たないよね……はぁ」

いつもだったら絶対に胸中で悪態を吐くところだ。それを、朱夏はぐっと堪えた。

（愚痴を言ったところで、私の気分が悪くなるだけだから！）

ムカムカするが、辰が作ってくれた料理を思い出すことで気を紛らわせる。そして、

「厚焼き卵サンド！」と三回小さく呟いた。

　――チャリーン！

　途端、間の抜けたお金の音が聞こえてきて朱夏は足を止めた。

（貯金できた時の音だ！）

　朱夏は強くこぶしを握り締めて、ガッツポーズをした。チャリーンという音は、やる気を促す効果が絶大だ。

「シン、やったよ私……愚痴を我慢できた。厚焼き卵サンドのおかげかも」

　周りにまだ人がたくさんいたのに、つい声に出していた。

　そんな朱夏を不審に思う人はおらず、みんな忙しそうに駅を出ていく。

「よし、頑張るぞ！」

　ぶつかられた肩と脇腹は少々痛かったが、それでも気分良く出社できた。

（……ちょっとした気の持ちようで、こんなに変わるんだ）

　一日一善を無事に終えてスッキリしたせいか、仕事もサクサク進み、あっという間に午後になった。

　パソコンに表示される数字の確認をしていると、差し入れでもらったというブラウニーを主任がこっそり配り始める。

　数が少なく全員にわたらないので、デスクに残っていた人だけがもらえた。運よくお菓子を手にすることができた朱夏は、それを大事に鞄にしまう。

終業までノンストップで頑張り、無事にノーミスで仕事を終わらせることができた。

パソコンの電源を切り、机周りをチェックして、制服を着替える。

（お腹空いたな、夕飯が楽しみ）

食事だけではなく、今日の出来事を話すのもワクワクする。

そうして朱夏は、料理上手な金髪の死神が待つ家にまっすぐ向かった。

「たっだいまー！　シン、晩ご飯なあに？」

帰宅するなり、すぐさまキッチンに駆け込む。先ほどからすでにお腹はぎゅるぎゅる鳴っていた。

夕飯の準備をしていた辰は、朱夏を見ると額に青筋を浮かべる。

「俺の作った飯を雑菌と一緒に食う奴がおるか！　手ぇ洗ってうがいしてき！」

辰の頭上に角が生えそうになっているのを察知した朱夏は、速攻回れ右をした。

着替えまできっちり済ませてキッチンに戻ると、辰がいつもと違うことに気づく。

「どうしたの、そのエプロン……？」

「ワイシャツ汚したないからな……てか手ぇ洗ったらちゃんと拭き！」

「今までさんざん仕事だーとか言って、着替えもエプロンも拒否してたくせに。一体どういう心境の変化？」

「これ買うたからええやん」

辰はニヤリとしてから「ほれ」と今日の夕飯をテーブルに置く。

朱夏は話を逸らされた気がしたが、目の前に出された料理に感嘆の声を上げた。

テーブルマットの上には、涼やかなガラスのお皿に盛られたそうめん。

それに、たっぷり盛られた鶏のささみ、トマト、オクラ、素揚げしたナスと白ごまが彩りを添えていた。

「美味しそう！　早く食べたい！」

「まあ待ちいや。特製ダレ出すから」

それは、ごまダレを麺つゆで割ったものだ。氷が入って、キンキンに冷えている。

朱夏は急須でお茶を淹れると、辰とともに定位置に着いた。


〈本日の晩ご飯〉

　特製ごまダレ冷やしそうめん～夏野菜とささみ添え～

　エビとブロッコリーの温野菜サラダ

「いただきます！」

「どおぞ」

朱夏はまず、エビとブロッコリーの温野菜サラダに箸を伸ばした。

イタリアンドレッシングの酸味がブロッコリーにしみ込んで、噛むたびにジュワッと野菜の甘みを引き立てる。

「おいひぃ……」

「ほんまに朱夏は、ええ顔して食べるなぁ」

ゴクッと呑み込むと、次はメインのそうめんに特製ごまダレを回しかける。

香ばしいごまとかつおだしの香りが鼻腔をくすぐっていく。素揚げしたナスとささみを麺と一緒に箸で挟むと、口いっぱいに頬張った。

「んんんん！　おいひぃ――！」

美味しさのあまり眉根を寄せた朱夏を見ながら辰は笑う。

「ナスとささみのうまみがこう、ぎゅ、じゅわってきて、麺がつるつるで、ごまダレがもうほんとに最高！　美味しすぎる……」

ささみのもちっとした食感に、揚げたナスのうまみが噛めば噛むほど広がる。

さらに、コクのあるごまの味が食欲を無限にかきたてるのだ。

「語彙力に問題がありすぎやけど、美味いならよかったわ」

辰は真面目な時は少し怖い印象だが、笑うと優しく目じりが下がる。

そんな彼の笑顔を見つめながら、朱夏は今日のチャリーンが鳴った時の話を始めた。

「よおやったな。偉いわ」

褒められたのと、お金を貯められた報告ができて、朱夏は鼻高々だ。

「まあ……補足すると、グチグチ気にせぇへんかったのがよかったと思うよ」

「そういうことなの？」

「せや。そんなことでいちいち気分へこましてもしょうもないやろ。それやったら、もっと幸せなこと考えてたほうがええんちゃう？　どうでもええことに時間使うの、アホらしいやん」

「……たしかに」

そういうことや、と辰はにこりと笑った。

辰が食後のコーヒーを落とし始めたところで、朱夏は忘れ物に気がついた。ハッとして自室に駆け出し、鞄を持って超特急でリビングにとんぼ返りする。

「シンと一緒に食べたいものがあったんだ！」

「なに？」

朱夏は会社でもらったブラウニーを取り出す。

「今日ね、主任が配っていたの」

「へーえ」

「でね、シンと半分こにしようと思って持って帰ってきたの。この間、ハンバーグ一口くれたから」

チャリーン、とお金の貯まる音がする。

朱夏がぱあぁと表情を明るくすると、辰は口元をほころばせた。

「……ほな、半分こして食べよか」

ブラウニーは思いのほか甘くて、いつまでも幸せな気分が続いた。

レシピ3　小あじの南蛮ソースがけ

七月中旬に梅雨明け宣言が出されると、座っているだけで汗が出てきそうなくらい蒸し暑い日々が始まる。

(夏は、バイトばっかりしていたな……)

朱夏の父は小さな会社を営んでおり、銀行からお金を借りて経営していた。

しかし業績悪化によって返済が苦しくなると、母はフルタイムで外に働きに出るようになった。

それだけでは到底やっていくことができず、朱夏も学生時代から放課後はバイトに明け暮れていた。

稼いだ分は家に入れていたのだが、両親はそのお金を朱夏の大学の入学資金として全額貯めておいてくれた。

希望していた公立の大学に入学できたが、仕送りはなく、自分で稼ぐしかなかった。

奨学金を借りて通った経済学部での思い出は、放課後のアルバイトの掛け持ちと、徹夜して提出した課題の数々。

朱夏の苦労はずっと絶えることがなく、社会人になっても続いた。

大学卒業後、商社に勤めることができたものの、研修が厳しくミスを多発して帰宅は遅くなるばかりだった。

「……死んじゃわなくてよかった」

朱夏は朝食を食べながら、ポロリとこぼす。誰に言ったつもりでもなかったが、辰の耳にそれは届いていた。

「せやろ。まだまだ食べてへん美味(うま)いもんがあるで」

「わかった。いっぱい食べるからいっぱい作ってね！」

「いや……そこは、『ちゃうやろ！』ってツッコむとこや！」

朱夏の生活の基本は〈節約〉だったため、食事に気をつけてこなかった。

思い返せば、生きているのが奇跡だと思えるほど不健康な生活だった気がする。

だから辰の作ってくれる手料理を食べると、生きる気力が湧いてくる。食べ物の力は偉大だと心底思った。

そんなオカンな死神は、自殺とは相当に罪深いものだと口を酸っぱくして朱夏に伝えていた。

恐ろしいことに、天国バンクには自殺者の天国貯金は全額没収するというペナルティがあるそうだ。

なので、ホームからぴょんと飛び降りたあの一瞬のせいで、朱夏の天国貯蓄は消えてなくなる運命……のはずだった。

しかし辰は、朱夏の貯金の没収をストップさせ、伯父の借金返済に充(あ)てる特例措置を取ってくれた。

さらに、他人のために使うので結果的に没収と同じだという理由で、朱夏への追加ペナルティもなしになった。

苦しめられていた借金問題を解消してくれた辰に、朱夏は言葉にできないほど感謝している。

「今は気持ちが楽になったよ。奨学金の返済だけでも手一杯だったから」

「そおやろ。〈地獄の苦行ワーク〉も参加せんでもよおなったしな」

朱夏はごくりとつばを飲み込んだ。

自殺者は天国貯金の没収というペナルティだけでなく、死後にハードワークが待っているのだとか。

通常の数万倍以下の利率で、天国貯金を貯める苦行を強いられる。まさに地獄だ。

もし朱夏が死んでいたら、問答無用で恐ろしいハードワークに強制参加だった。

「スーパー問題児の朱夏を俺が止めんへんかったら、〈地獄の苦行ワーク〉参加者も増えて、管理官がもっと大変やったやろな」

多くの他人の死を誘発してしまう特殊な人間のことを、天国ではスプレッダーと呼んでいるらしい。

朱夏はそのスプレッダーだったため、徳を積み直す緊急対応になったそうだ。

「ところでレディさん。のんびりしてると会社遅刻するで」

「わ、もうこんな時間！」

ごちそうさまと手を合わせると、洗い物を済ませて慌てて出社の支度を整えた。

「行ってきます！　あ……シン、今日の晩ご飯はなあに？」

「お前の頭ん中は、食べ物のことしか入ってへんのか！　まあええわ、今夜は魚。はよ帰っておいで」

「うん！　楽しみにしてる！」

朱夏は手を振って家を出た。

小さい時から、朱夏は家でずっと一人ぼっちだった。大学でも一人暮らしだったので、誰かが近くにいてくれるというのは新鮮だ。

行ってきますと言えて、早く帰っておいでと笑って送り出してもらえる。そんな当たり前のことが心に沁みるほど温かかった。

遅刻しないようにいつもより早歩きで駅に向かっていると、道路沿いに誰かが捨てた空き缶が転がっていた。

「すぐそこの公園に捨てるところがあるのに……」

たった数メートル先にあるゴミ箱に、どうして入れなかったのだろう？

面倒かもしれないが、自分の飲み食いしたものなのだから、自分で処理するのが道理だ。

「誰かがつまずいて転んだら大変だもんね」

公園に立ち寄って、拾った空き缶をゴミ箱に入れた。

――チャリーン！

朱夏の耳に心地好い金属音が響く。

「ゴミを拾って捨てただけなのに、こんなちょっとのことでも天国貯金が貯まるんだ⁉」

貯金を増やすのは難しくないと、辰が言っていた意味がわかったような気がした。

「よし。一日一善、完了！」

ノルマをこなして安心した朱夏は、ぎゅっとこぶしを握り締めてガッツポーズをする。

今日も、強い日射しとジメジメのダブルパンチだ。つい憂鬱（ゆううつ）な気分になりそうなところを、朱夏は汗をぬぐって前を向く。

そのまま心地好い気分で心を満たしながら、会社へ歩を進めた。


「――シン、なにか手伝うことある？」

早めに帰宅できた朱夏は、カウンターキッチンに立っている辰に声をかけた。

揚げ物の香ばしい匂いと食欲をそそるパチパチ音がする。お腹はすでに、背中とくっつきそうなくらいペコペコだ。

朝と変わらずピシッとしたワイシャツにスラックス姿の辰が、せっせと料理をしていた。

「それやったら髪の毛括（くく）って。髪ゴムなくなってん」

「わかった、待ってて！」

朱夏は自分のヘアゴムを部屋から持ってくると、辰の髪の毛に手を伸ばす。

細身なので気がつかなかったのだが、辰は意外と身長が大きいようだ。彼の金色の髪の毛を一つにまとめながら、調理している手元を後ろから覗き込む。

「わあっ！　お魚が揚がってる！」

「おいこら髪の毛引っ張んな！　はげたら朱夏の毛もつるっつるになるまでむしったるから覚悟しぃ！」

　ひょいと顔を覗かせた朱夏の頭を押しやりながら、辰はムスッとする。

「ほれ、油跳ねるから下がって」

　死神というのは嘘ではないかと思ってしまうほど、彼の小姑感は半端ない。

「髪染めてるほうがはげるってば……」

「はげへん。俺の頭皮のことはもうええから、テーブルの上用意しといて」

　次に髪のことを口にしたら夕食は抜きだと言われた瞬間、朱夏は勢いよく食事の準備に向かった。

　テーブルを拭いてマットを敷き、お箸を並べる。箸置きはお気に入りのガラスでできたカラフルなものだ。

　それらを用意しながら、机の端っこにある楕円形の深みのあるお皿が目に入った。見ると、中にはキュウリとちくわの和え物が用意されている。

「朱夏。それ終わったら、ご飯と味噌汁な」

　辰に絶妙なタイミングで牽制され、朱夏は和え物に伸びていた手を渋々引っ込めた。

　つまみ食いがバレて、十倍のお小言が返ってきても嫌なので、言われた通りご飯と味噌汁を用意する。

　辰は深皿に揚げたての小あじを入れると、その上からピーマンとニンジンと玉ネギの南蛮ソースをかける。

「あああああ、酸っぱい匂いがもうダメ、口の中が……」

「朱夏、そのアホ面は人間の男に見せへんほうがええよ。ドン引かれるで」

「じゃあ死神だったらいい？」

　辰は二秒ほど止まって目をぱちくりさせたあと、「まあ、ええよ」と困ったように笑った。

〈本日の晩ご飯〉
　小あじの南蛮ソースがけ
　キュウリとちくわのおかかマヨ和え
　豆腐となめこの味噌汁

「いただきます！」

「どおぞ」

　いつもの九十度席に座って両手をぱんっと合わせる。

死んでいたらこれらが食べられなかったのかと思ったのは一瞬だ。南蛮ソースの甘酸っぱい香りに、口の中はすでに味を想像してよだれが出ていた。

お楽しみはあとにしようと、朱夏はまず副菜から手を付ける。

「うそー！　ちくわが、こんな美味しいサラダになるなんて……！」

キュウリのシャキシャキした食感と、ちくわの塩気がたまらない。これだけでご飯三杯はいけてしまう。

もはやサラダというよりもおかずのような満足感だ。

ちくわの美味しさをたっぷり噛みしめてから、朱夏はメインの料理に目をキラキラさせた。

「さーてこっちのお味は……んんんんん！　おいひい！　シン、天才！　神！」

南蛮ソースの野菜はシャクシャク感が残っていて、楽しい噛みごたえだ。

それが絶妙に小あじのフライに絡みついて、サクッ、ふわっと魚の味を抜群に引き立てていた。

ジューシーな小あじは噛めば噛むほどうまみが増し、野菜の甘さと混ざってお腹を満たしていく。

「ほんとに美味しい、どうしよう、止まらない！」

「あんまり慌てて食うと、骨刺さるで」

「気をつける……んんんー！」

両頬をいっぱいに膨らませて食べる朱夏を見て、辰はなんとも言えない顔をした。

「そんなに美味いか？」

朱夏は首を大きく縦に振った。

「朱夏が美味そうに食べるから、俺もついついシェフ顔負けの腕ふるってまうわ」

「もっとふるって超絶死神シェフになって……ありがとうシン。今私めっちゃ幸せ」

誰かと一緒に食べるご飯の美味しさが朱夏の中に沁みわたり、明日の生きる力に変わっていく。

「美味いもん食べて幸せなんが一番ええな」

チャリーンとお金の貯まる音がして、二人は顔を見合わせた。

幸福な食事の時間は、いつだって惜しむ間もなくあっという間に過ぎていってしまうのだった。

レシピ4　トマトとズッキーニのパスタ

冷静になって思い返せば、朱夏はドラマのような半年を過ごしていた。

いきなり借金苦に見舞われ、闇金の取り立てに悩まされ、線路に飛び込もうとしたところを死神に助けられたのだから。

辰は借金の取り立てに来たチンピラたちを、すぐに追い払ってくれた。

扉の脇に隠れて様子を見ていた朱夏は、返済を完了した時のことを今もはっきり覚えている。

『次この家に来たら、首狩り鎌持ってどつき回すで』

物騒な文句とともに静かに言い放った、耳に残るハスキーな声が忘れられない。

扉の向こうのチンピラたちがものすごく気まずそうな顔をしていたので、辰は相当怖い顔をしていたのだろうと想像がついた。

借金という不安要素はなくなったのに、半年間の間に染みついた恐怖からはなかなか抜け出せなかった。

夜中に叫び声を上げて起きてしまうので、朱夏はしばらくリビングで辰と布団を並べて寝ていた。

怖くて泣きだすと、辰は温かい飲み物を作ったり朱夏が寝るまで頭を撫でてくれたりした。そうやって辰は、朱夏の恐怖を少しずつ解消していってくれたのだ。

今思うと、かなり恥ずかしいことをしていたような気がする。

もちろん、辰はそんなことを微塵（みじん）も気にしていない様子だが。

「……死神って、面倒見がいいのかな」

まるでオカンのような辰に、すっかり朱夏は心を許してしまっている。

「あんなに料理を美味しく作れるなんて、死神にはきっと料理の研修があるんだろうなあ」

辰の作る料理の美味しさは格別だ。

節約第一で食事をないがしろにしてきた朱夏にとって、辰の作る料理ほど、この世で美味しい食べ物はない。

朱夏の両親は共働きで忙しく、母はたまにしか料理を作ってくれなかった。だから朱夏は、夕食はスーパーのお総菜コーナーのお弁当か、自分で適当に作ったものを食べて育った。

親に食事を作ってもらえなかったことを恨んでもいないし、大変な中で育ててくれた両親に心の底から感謝している。

お金を稼ぐことの大変さも借金のつらさも理解した今、朱夏にとっての喜びは、すぐ側にあるなんでもない日常だ。

誰かが家で待っていてくれて、料理を美味しいと言いながら食べられる幸せ。

そんなちょっとしたことが嬉しくて、胸がいっぱいになるような日々を噛みしめている。

この上ない幸福が、実はこんなに近くにあったなんて知らなかった。

「今日の晩ご飯なんだろ？」

朱夏はワクワクする気持ちで帰宅した。ところがリビングに行くと、たった今帰ってきましたと言わんばかりの辰と鉢合わせる。

「ああ悪い。遅くなったわ……今すぐ飯作るから手洗ってき」

朱夏は頷くとしっかり手洗いをしてからキッチンに戻った。

「しゅーかー。お前は、じっとしてられへんの⁉　五歳児か！」

パスタを茹でる辰の後ろを、まだかまだかとうろうろして雷を食らう。

「だって、お腹空いちゃったから」

「しゃあないな。俺がいつもより遅なったんが原因……いや待て、あいつの書類が間違うてたんがそもそも悪いわけで……」

みるみる眉間にしわを集合させてぶつぶつ言いながら、辰はサラダに使ったミックスナッツの残りを取り出した。

「あーあいつ、明日ちょっとしばかなあかんな。朱夏、ほれお手」

「はいっ⁉」

辰は意地悪な笑顔で左手を朱夏の前にポンと出した。

「はよ手ぇ出し」

恐る恐る出すと、手のひらにナッツがざらざら出された。食べて待っているように視線で言われて、朱夏はポリポリそれを齧る。

「そういえば、死神って料理研修があるんだよね？」

パスタの茹で加減を見ていた辰が、不思議そうに首をかしげる。

「はぁ？　なんやそれ？」

ちょうどいい塩梅の硬さに出来上がったのを確認すると、辰は隣の鍋に用意してあったトマトとズッキーニを炒めたソースにパスタを投入して手早く絡め始めた。

「シンは料理が上手だから、きっと研修の成績もよかったんだと思って」

「んなもんあるかい。料理は俺の趣味や……なんやそのアホが豆鉄砲食らったような顔。意外って言いたいんやな？　そうやな？　今日の夕飯は俺一人で食うかな〜」

「わーわーわー！　ごめんってば！　シンのご飯食べたい！　意外じゃない、すごい！　シンのご飯食べないと死んじゃう」

「ったく。死ぬとか縁起でもないこと言うな。俺をなんやと思ってるんや」

「……母親の皮をかぶった世話好きの死神？」

まったくその通りすぎたようで、辰のほうが一瞬返答に詰まっていた。

納得がいかないような顔をしつつ、辰はパスタをプレートに盛り付ける。上からイタリアンパセリをかけて朱夏の前に置いた。

「あ、粉チーズいるか？　パセリあとにすればよかったなあ」

「はい、お母さん！　チーズかける！」

「やっぱパセリはあとのがよかったなぁ……って誰がお母さんや。こんなでかいん産んだ覚えない！」

辰は額に青筋を立てながら、朱夏の前に粉チーズの入れ物をドンと置いた。

〈本日の晩ご飯〉
トマトとズッキーニのパスタ
ドライフルーツとナッツ入りのサラダ
ミネストローネ

「いただきます！」

「どおぞ」

パスタから立ち上(のぼ)る湯気に顔をくぐらせて、朱夏はごくりとつばを呑み込む。オリーブオイルとガーリックの香りが食欲を刺激して、気分は高級イタリアンレストランだ。

「ねえねえ、たくさんチーズかけていい？」

「ええよ……もう好きにしい」

許可が下りるなり、朱夏はパルメザンチーズをパスタのてっぺんが真っ白になるまでぜいたくに振りかけた。

「一回やってみたかったんだ。チーズこんもり載せ！」

フォークでパスタをくるくる巻き取って、ふうふう冷ましてから口に運ぶ。

「んんんんん！　んー！　おいひい！　あっつい！　おいひい！」

ガーリックの香りを纏ったベーコンの塩味と、トマトのほどよい酸味が絶妙だ。噛めばズッキーニの爽やかな味が広がる。

細めのパスタはソースに絡まりやすく、口の中が幸せでいっぱいに満たされていく。

「美味しい、シン！　イタリアの死神にレシピ教わったって言っても信じるよ」

ぽかんとしてから、辰はクスクス笑い始めた。

「相変わらず突拍子もない感想すぎへん？」

笑いを収めてパスタを食べた辰は、我ながら上出来という顔をした。

さて、片づけを終えて風呂から出たところで、リビングで仕事の残りをしているスーツ姿の辰が朱夏の視界に入った。

「……そういえば、シンがたまに話しているボスって、どんな人なの？」

隣に座りながら訊ねると、鬼のような速さでキーボードを叩いていた辰が、いったんその手を止めた。

「なんや、神様に興味あんの？」

辰の声のトーンが落ち、不機嫌さを隠そうともしない表情になる。

「あ、うん……。なんとなく、どんな人かと思って」

辰は心底嫌な顔をして眉根を寄せた。

「めっっっっっっちゃ性格悪いで。地獄の閻魔様もびっくりや」

辰がそう言い放った瞬間。

ブッブ――――！

クイズ番組の不正解だった時に鳴る音が、脳内とリビングに響く。

「……な、なに今の音⁉」

「システムの不具合か？」

顔を見合わせた二人の目の前に、いきなりポンと通帳が現れた。

「なんで、俺の通帳が……？」

羽の生えたそれは、空中に浮いたまま勝手にぺらぺらと目の前でめくられていく。

ぱららと音を立てて、一番後ろのページでピタッと動きが止まった。

訝しげに通帳を覗き込んだ辰は、次の瞬間両手でそれを掴んで声を張り上げる。

「なんやこれ！　どうなってるんや‼」

辰の通帳には〈罰金〉と書いてあり、ぴったり五十円引き落とされている。

「罰金って？　シンがなにか悪いことしたの？」

「俺が聞きたいわ！　なんもしてへんやろ！」

朱夏は先ほど音が鳴った時のことを思い出す。

「……もしかして、さっきシンがボスの悪口言ったから？」

「げぇ。それや！」

「いや、私のこと睨んだって、しょうがないというか……」

「わかったやろ⁉　こういう性格の奴なんや！　ものすごく性悪やろ！」

ブッブブブ――――！

不正解を知らせる音とともに、嫌な予感が二人の脳裏をよぎった。

通帳を見ると〈悪口の罰金〉と書かれており、今度は百円が引き落とされている。

朱夏は辰の額に文字通り青筋が浮かび上がるのを見た。

「なーんーやーねーん‼　あの神様、俺のシステムで遊んでる！　アホか暇かちゃんと仕事しぃ！」

辰が怒り始めると、ブッブーという音とともに罰金が増えていく。朱夏は大慌てで辰の腕を掴んだ。

「落ち着いて！　悪口言っちゃダメだってば！」

さらに悪態を吐こうとする辰の口を、朱夏は両手で塞いだ。放せと暴れようとした辰が、ハッとした顔をする。

朱夏の手を引きはがしながら、辰は次に朱夏の天国バンクの通帳を手元に具現化させた。

「まさか、な……」

恐る恐る、朱夏の通帳を見た辰が「あああ――！」と声を上げて目を見開く。

「私にも見せて!!」

朱夏の通帳には〈辰の悪口募金〉と書かれており、今まさに辰の口座から引き落とされたのと同じ金額が振り込まれていた。

「あーもーあかん！　パワハラや！　ちょっと今から天国(あっち)行って、文句言うたるっ！」

「今から行くの!?　夜だよ!?」

「一発殴らなあかんやつやでこれは！」

「ダメだよ暴力ふるっちゃ」

「いっぺんしばかな！」

ぷりぷり怒っている辰を見ているうちに、朱夏はおかくなってしまい笑いが込み上げてくる。

クッションに顔をうずめて必死に堪(こら)えていたのだが、我慢できずに肩が震えてしまった。

「こら朱夏。なにクスクス笑(わ)ろてんねん！　俺がこんなに必死になってんのに！」

クッションを奪い取られてしまい、朱夏は真っ赤な顔を隠そうと両手で覆(おお)った。しかし、我慢しきれずにソファに転がって大笑いしてしまう。

「だって、シン……ああおかしい！　そんな必死になって！」

笑いすぎて目の端に涙を溜めている朱夏の姿を見た辰は、みるみる怒りを収めたようだった。

「朱夏……百円は大きいねんで」

「百円が大事なのはわかってるけど、そうじゃなくて」

「……お仕置きや。どいつもこいつも俺のこと馬鹿にして！」

言うや否(いな)や、辰は朱夏の脇腹をくすぐり始めた。

「ちょっと待って待って！　馬鹿にしてないから！」

「やかましいわ！　そんなニヤけとる顔で説得力ないやろ！」

とばっちりを受けた朱夏が降参降参とジェスチャーをすると、やっと辰は脇腹から手を離してくれた。

「私の天国貯金が貯まったら、ちゃんとシンに返すから」

「ほんなら、楽しみにしとる。はよたんまり貯めてや」

見上げると、ニヤッと笑う死神の優しいまなざしが温かく降り注いでいる。

朱夏は早く貯めるよと、笑顔で辰と指切りをしたのだった。

レシピ5　青椒肉絲

朱夏が毎日幸せを噛みしめている一方で、辰は困っていた――

なぜなら、自殺未遂のスーパー問題児にすっかり懐かれてしまったからだ。

「あかんやん……こんなほっこりな毎日送って、どうすんねん」

辰の手料理を楽しみに、毎日会社からまっすぐ帰ってくる彼女の姿は、正直なところ可愛い。

もともと素直な性格だったので、すれていないところがなおさら可愛い。

辰はつい、かいがいしく世話を焼きたくなってしまう。

……実際、かなり面倒をみてしまっていた。

毎回手を洗ってから来いと言ってるのに、朱夏は懲りずに顔を上気させてバタバタとキッチンに入ってくる。

それは、千切れんばかりに尻尾を振る仔犬を相手にしている気分に近い。

「はぁー、あかん」

もちろん辰の職場である天国は暇ではない。ついでに言えば、辰は忙しいほうの死神だった。

死神は人の死を司る神として存在するが、命を奪いに行くわけではない。

どの人間が、いつどこでどのようにして亡くなるのか——それを正確に管理把握するのが仕事だ。

「通常業務も山積みやのに……毎日献立考えへんかったら、ソワソワしてしまうやん」

数年に一度、なぜかわからないがスプレッダーと呼ばれる問題児が下界に現れる。彼らの自死は、他の人間の大量死を誘発してしまう。

天国の死神課としては頭を悩ます存在だった。

スプレッダー出現の兆候が見られたら、課としては素早く万全の対策を練らなくてはならない。

どんな手を使ってもスプレッダーの自死を阻止しなければ、誘発される事後処理の大変さが死神たちにのしかかってくる。その過酷さは言葉にできないものがあった。

とにもかくにも、スプレッダーの自死を完全に止めるためには、対象ときちんと向き合い、寄り添うことが必要になってくる。

だから、スプレッダー対策はしばしば課の昇進試験として用いられていた。

しかし朱夏の場合は、なぜか兆候が把握できていなかったため、対応が遅れた。

あたふたしているうちに、彼女はぴょんと線路に飛び込んでしまったのだ。

おかげで辰は、この案件を事前連絡もなしに担当する羽目になった。

いきなり現場に派遣され、ついでとばかりにこれは昇進試験だと告げられたのが、ずいぶん昔のように思える。

派遣が急すぎたため、自己紹介よりも先に、どれだけ朱夏の自殺が迷惑な行為であるかを彼女に話したのを覚えている。

どつき回さなかっただけマシだと辰は思っているのだが、あとでこっぴどく神様（ボス）に叱られた。

そういうわけで、辰がスプレッダーである朱夏の面倒をみている本当の理由は、昇進試験のためなのだが……

「和食続きやったからなぁ、今日は中華にでもするか」

なぜか辰は、朱夏に食べさせる食事のメニューで頭がいっぱいの毎日を送っている。

昇進試験の中身は、スプレッダーを絶望に追い込んだ原因に向き合い対処すること。

そして、対象が二度と自死を選ばないよう再起させるというものだ。

つまりは生き直しをさせる、というのが試験内容だと理解しているが、それ以外はさっぱりといった状況だ。

おまけに、突然の試験とそれに伴う複雑な事務処理で、辰の仕事のスケジュールは過密すぎて恐ろしいことになっていた。

「まあ、朱夏が今すぐ俺から離れることはないやろうけど……他の死神やったら、どう対応しとったかな……」

本来ならば過去の事例から対策を練って臨むものなのに、それをする時間もないまま日々が過ぎている。しかも、朱夏のために毎日健康的な献立を考えないといけない。

「てか、なんで俺やねん。他の暇そうな死神でもええんちゃう⁉」

異例の速さで係長になったばかりで油断していた自分も悪い。

あまりに昇進が速すぎると、辰はぶちぶち文句を垂れながらパソコンと向き合っていた。

「ほら、あいつなんか俺よりお飾りの係長歴長いやん！　普通そっちが先やろ⁉」

辰のイライラを向けられた万年係長は、凄みのある視線に肩をビクッとさせたあと、机に山積みの書類の陰に隠れた。

「ちっ……まあええわ」

天国で一番偉い神様は、朱夏の対応に関して年功序列をきれいに無視し、独断と偏見で辰を現場に派遣したのだ。

あとから部長づてに聞いた話によると、スプレッダーという問題児には天国の問題児を派遣すると即座に決めて、ニヤニヤしていたらしい。

辰は、その時の神様のありえない対応を今でも根に持っている。

「覚えとけよ、なにが問題児や！　こんなに仕事できんの俺以外おらんで！」

まさに神業な処理速度で仕事をこなす辰は、昇進するのが当然だとフロアの全員から思われているのを知らなかった。

周りの死神がぎょっとするような勢いでエンターキーを押すと、辰は思い切り眉を吊り上げた。

神様の笑顔を思い出すたび、はらわたが煮えくり返る。

「マジで今度会うたら一発殴らんと……忙しすぎや！」

この激務は、絶対に労働基準法違反に違いない。過労死したら閻魔大王様に訴えてやる。

「くっそ。今んなってめちゃ腹立ってきたわ！　でも俺には俺のやり方があるしな、好きにさせてもらうで」

朱夏のもとに来る取り立て屋を真似て、換金の手続きを早くしろと天国バンクの担当者を脅したのは、つい一か月ほど前。

震え上がった職員は辰の頼みを優先してくれたのだから、やり方は別として結果オーライだ。

「よし、今日は神様に腹立つから、集中できる刻み料理や！　青椒肉絲しかない」

そうと決まれば、足りない材料を買いに行かなくてはならない。

またもや恐ろしい速度で仕事に取りかかって、あっという間に終わらせる。そして『直帰』とホワイトボードに書き入れて、下界へ買い物に出かけた。

朱夏の家の近くには、昔ながらの商店街がある。

そこに行くと、辰は色々なお店の人に声をかけられた。

初めのうち商店街の人々は、金髪と真っ黒いスーツ姿の辰を警戒していた。だが、もともとの気さくな性格と人当たりのよさで彼は一気に好かれた。

「辰君、今日はキュウリのいいの入ってるよ」

顔見知りの八百屋の店主に言われて、辰は足を止めた。

「どれ……ほんまやな、棘が痛いもん。梅干しと合わせて梅きゅうにしたら、ええ箸休めになるなぁ」

「漬物にしても美味しいよ。糠床はあるの？」

「欲しいけど、今バタバタしてて忙しいねん。漬物は夢のまた夢やな」

「そっかー。まあ味は保証するから買ってって損はないよ。今ならおまけ付き」

「おっちゃん気前いいなぁ。そんじゃ持って帰るからおまけでもう二本もらおか。ありがとお」

キュウリとタケノコの水煮を購入すると、牛肉を買うために精肉店に向かった。店の奥から出てきたふくよかな婦人が、辰を見るなりニコッと笑う。

「辰君みたいなイケメンに、毎日ご飯作ってもらってる彼女さんはいいわねえ。料理上手な彼氏で羨ましいよ。お仕事頑張ってる子なんでしょ？」

辰は苦笑いをこぼした。

「あーまあ、地味な普通の子やで。ご飯食べてる時こんな頬膨らましてな、ハムスターかっていう食べ方すんねん。それが面白くてな」

辰が朱夏と一緒に暮らしていることは、商店街でも周知の事実になっている。

どういう関係か訊かれた時に、バタバタしていて頭が回らなかったこともあり、とっさに『彼女』だと言ってしまったからだ。

兄妹と言うには顔が似てないし、二十代にしか見えない辰では親子もおかしい。一緒に暮らしていて違和感がないのは、結局恋人だった。

落ち着いてから従兄妹や親戚という案も思い浮かんだが、つるんと口をついて出たあとでは修正ができなかった。

なので、未だに辰は恋人を隠れ蓑にしている。

「やだねぇ、のろけちゃって。あたしもこんないい男に褒められてみたいもんだわ」

「おー、俺のことええ男やなんて、お目が高いなぁ。おばちゃんもめちゃええ女やで。ほなまた買いに来るからよろしく頼んます～」

両手に買い物袋を提げて辰は首をかしげた。

「――……あれ、俺死神やったよな？　主夫ちゃうよな？」

一人ツッコミを入れてから、辰はため息を吐いた。

「さてと、ただいま。作るか晩飯」

朱夏の天国貯金の残りを使って、辰はこの一軒家を一括購入した。

賃貸では毎月家賃が必要だ。それがあの時の朱夏の心的負担になるのは目に見えていた。だからといって、現世の通帳に天国から入金するわけにもいかない。借金の取り立てに来るチンピラから離れ、なおかつ将来的に朱夏の財産となるものが必要だった。

色々考えた末に一番現実的なものとして、一軒家の購入に至ったのだ。

数多（あまた）の反対意見が出たが、他に代案がないなら黙ってろと押し切った。

この広さならば、朱夏が結婚相手と子どもと一緒に暮らしても問題ない。小さな庭にはプランターを購入し、そこで野菜を育てる準備もしていた。

窓を開けて空気の入れ替えをしながら、辰は眉を寄せた。

「……俺、死神やったよな？　朱夏の親ちゃうよなぁ？」

またしてもセルフツッコミを入れながら、夕食作りに取りかかる。

――線路に飛び降りた彼女の手首を掴んだ時、あまりの細さに驚いた。

あの日の朱夏の目を、辰は忘れることができない。

その場で辰ができたことは、無理やり朱夏に物を食べさせることだけだった。

なんとしてでも目の前の人間を生きさせるのに必死で、昇進試験というのが頭から吹っ飛んだのは言うまでもない。

「――……人間は、食べ物食べな死んでしまうんやで」

なにも食べていなかった朱夏の胃袋に、辰が最初に押し込んだのは重湯（おもゆ）。疲弊しきっていた胃は、固形物を受け入れることができなかったからだ。

訳がわからない、死にたいと泣く朱夏をなだめすかして、辰は重湯（おもゆ）を根気強く彼女に食べさせた。

食べ物を胃に入れる苦しみに耐えながら、朱夏はゆっくりそれを飲み込んでくれた。

辰の目の前で生きようとし始めた朱夏に、感動して震えたのを今でもはっきりと覚えている。

それからは重湯（おもゆ）と粥（かゆ）を繰り返し、胃が固形物に慣れるまでに一週間かかった。辰の処置が功を奏し、食べられるようになってからの朱夏の回復力はすさまじかった。

日に日に顔色が良くなり、二週間も経つと彼女の体調不良はほぼ解消された。

取り立て屋に怯えさせないため、辰は一緒に生活することを選択した。

そうして面倒をみているうちに、朱夏は会社に楽しそうに行けるようになり、毎日走って帰ってくる。

——ただいま、今日の晩ご飯なあに？

手を洗うよりも先に、夕飯を訊ねてくる姿につい頬が緩む。彼女のキラキラした目を思い出して、辰は唇の端に笑みをのせた。

「さてと。そろそろ、アホ面の仔犬のおでましやな」

神様への鬱憤を晴らすように超絶細切りにしたピーマンと牛肉を見ながら、一息ついたところで朱夏が帰ってきた。

「シン、ただいま！　今日の晩ご飯なあに？」

玄関からドタバタ音がして、辰は笑いを噛み殺した。「手を洗ってきたらいいもん食わしてやる」と答えると、すぐに回れ右をして朱夏は手を洗いに行った。

「もーお腹ペコペコだよ。お腹空いて死んじゃ……ん！　なにこれ美味しいっ！」

キッチンにやってきた彼女の口に、辰は作っておいた梅たたきキュウリを押し込む。

途端におしゃべりをやめて、朱夏はポリポリ音を立てて咀嚼し始めた。

美味しそうにしている顔が面白すぎて、辰は朱夏の唇にキュウリを押し付けて、さらに二つ、口の中に詰め込んだ。

「んん、ご……おいひぃけど苦しっ……」

頬をキュウリでぼこぼこにさせて、朱夏は必死に噛み砕いている。

「あははは！　なんやその顔、めっちゃおもろいやん！」

お腹が痛くなるほど笑ってから朱夏にテーブルの準備を頼むと、辰はフライパンを取り出した。

温めたそこにごま油を回し入れ、よく熱してから片栗粉をまぶした牛肉を炒める。じゅっという音と、肉の焼ける香ばしい香りがキッチンに漂(ただよ)い始めた。

肉に火が通ってきたところでタケノコの水煮を、次にピーマンを入れてサッと炒める。

朱夏がテーブルの準備を終えてフライパンを覗き込む頃には、長ネギと調味料が入って、つやつや輝く青椒肉絲(チンジャオロースー)が出来上がっていた。

「ああ、匂いがもう……ごま油の神様がいたら感謝の祈りをささげたい」

「京都にあるで、油の神様祀(まつ)った寺」

「本当⁉　神様っていろんなところにいるんだね」

せやなと返事をしてから辰はフライパンを火から下ろすと、ふわふわと湯気の立ち上(のぼ)るそれをお皿にこんもりと盛り付けた。

「はよ取り皿出して。ご飯とスープも」

料理に目が釘付けになっていた朱夏は、大慌てでご飯とスープをよそった。

〈本日の晩ご飯〉
青椒肉絲(チンジャオロースー)
梅たたきキュウリ
卵とワカメのスープ

「いただきます！」

「どおぞ」

朱夏の顔には「早く食べたい」と書いてあるかのようだ。

いただきますを言い終わるや否(いな)や、朱夏はさっそく青椒肉絲(チンジャオロースー)をレードルですくい上げた。

「美味(おい)しそうすぎる……」

片栗粉でとろみのついたあつあつを、少しだけ冷まして口の中に入れた。

「ん――――っ！」

感動して複雑怪奇な表情をした朱夏は、辰を見つめてプルプル震え出した。

「お肉、お肉がじゅわって！　タケノコがしゃきしゃきで、ピーマンがお肉のうまみを吸い込んでね！　どうしよう……」

　困ったと言いつつ、箸を止めずにご飯と青椒肉絲を交互に食べ続ける。やっと黙ったなと辰が思ったのも束の間、朱夏はパッと顔を上げた。

「しかもね、この梅キュウリ？　これがね、食べるのを止まらなくさせるの！　梅の酸っぱさがお肉の後味をサッパリさせて、青椒肉絲が止まらないの」

「食べるかしゃべるか、どっちかにしい」

「どっちもしたい。だって美味しいし、辰と話すの楽しいから」

　前のめりになりながら、会社での出来事やチャリーンが鳴ったことなどを、一生懸命に話し始めた。

　あまりに忙しなく食べたり話したりしすぎて、途中、朱夏は青椒肉絲を喉に詰まらせて辰をヒヤッとさせた。

　あっという間に夕食を食べ終えると、朱夏が片づけを始める。食器洗いは朱夏の役割だ。その間、辰は食後のコーヒーを飲んで、やっと一日の仕事を終えた気持ちになる。

　いつもなら、洗い物が終わると朱夏はすぐ風呂に行く。だが今日はソファでくつろぐ辰の隣に座ってきた。

「風呂入らんの？」

「シン……はい、これあげる」

手を出してと言われて伸ばすと、ポン、とヘアゴムの小さな袋を渡された。

「これならたっぷりあるから、なくしても大丈夫だよ」

「なんや、俺にプレゼントか？」

「うん。昼休みに買ってきたの」

――チャリーン！

この調子なら、朱夏はすぐに天国貯金を取り返せるだろう。

それまで、辰は死神としてしっかり朱夏をサポートするつもりだ。

朱夏の頭を撫でながら、辰は「ありがとうな」と笑顔になった。

第二章

レシピ6　親子丼

ある日の休日、朱夏と辰は気分転換に出かけることになった。

「って言うても、どこ行くか？」

それに朱夏は思いきり首をかしげる。

朱夏は今まで休みの日はこれでもかというほどバイトをぎゅうぎゅうに入れていたので、休日をどう過ごしていいのかさっぱりだ。

事情を理解している辰も、一緒に頭を悩ませている。

「そうやなあ……次朱夏に彼氏ができた時を考えて、模擬デートでもするか」

「えっ⁉　彼氏……たぶんできたことないはずだけど、どう思う？」

「俺に聞かんといてや！」

「たぶん私、デートしたことないんじゃないかな？」

横にいる辰を見ると、苦いものを食べた時のような顔で朱夏をじっとり見つめていた。

「あかん、若いのにあかん……」

あまりにもすごい表情をされたので、朱夏はなにを言われるのかと身構えた。

「冗談やったけど、デート行こ。朱夏はすーぐアホ面になるからなぁ。惚れた男の前で、そおならんようにしとこか」

「アホ面じゃないってば！」

「ならただのアホやアホ。ほら、さっさと用意しい。泳いでる生き物でも見に行こ」

言い返そうとしたが舌戦では勝てないと悟り、とりあえず着替えを済ませてリビングに戻る。しかし、辰は「やり直し」の一言とともに眉根を寄せた。

「はい？」

ぽかんとすると、辰は両手を腰に当てて含みのある視線を向けてくる。

「……俺はデートっていうたんや。耳機能してるか？」

「通勤服しか持ってないから。そういうシンだって、スーツじゃん」

「ショッピングに予定変更や。少しはしゃれた格好を目で見て学んどけ」

辰は家の鍵を朱夏にポイッと渡すと、さっさと玄関から外に出ていってしまう。

なにが悪いのかわからないまま、朱夏はぽつねんとその場に取り残されてしまった。

ひとまず玄関の姿見で全身を確認し、おかしいところはないんだけどなと思いながら家を出る。

「――……え？」

外で待っていた辰を見るなり、朱夏は固まった。

さっきまでワイシャツにスラックスだったのに、辰の格好がデニムシャツにタイトなブラックジーンズに変わっている。

「なにアホ面(づら)で呆けてんねん。俺に惚れたか？」

「ううん違う違う。シンがスーツ以外の服を着てるの初めて見たから、珍しくて」

「否定すんの早すぎへんか？　……まあええわ。あれは仕事服、今日は休み。わかったらとっとと行くで」

並んで歩きだすと、なんだかお出かけが嬉しくなってきた。

服は仕事帰りにサクッと調達するのが基本だったので、こうして時間をかけてショッピングに行くのは新鮮だ。

そんなことを考えてニヤニヤしていると、いきなり頬をつままれた。痛いと抗議する前に、辰に飴玉を一粒口に放り込まれる。

「美味(おい)しい！」

「あかん。朱夏はなにしててもアホ面(づら)やったわ」

あまりにもケラケラ笑うので、朱夏はむくれて辰の腕をぼかすか叩く。しかし、彼にダメージはなさそうだった。

「シンとこうやって出かけるの初めてだよね？　土日は掃除したり、お洗濯したり、お庭の手入れとか……なんか私、主婦っぽいね」

「主婦は、電車見て飛び込もうとは思わへん。肝に銘じとき」

「はーい、お母さん」

「こんなでかい娘、産んだ覚えないわっ！」

頬をギュッとつままれて、朱夏はいたたたと苦笑いをした。

もちろんもう飛び込む気は毛頭ない。借金問題が解決したのが大きいが、大事なことに気づけたのだから。

他愛のない話をしながら、二駅先にある大きなショッピングモールに到着した。さすがに休日だけあって、多くの人で賑わっている。

「さーて朱夏。そのアホ面からは想像できないレディになってもらうで」

夏を意識したディスプレイが涼やかなフロアだが、予想以上の人混みだ。

朱夏は到着早々目が回りそうになっていた。それとは反対に、辰は謎のやる気をみなぎらせている。

「む、無理無理無理！　やっぱり私まだレディお預けでいい！」

オシャレのおの字もわからない朱夏は、素敵に着飾った同年代の女子たちを見るなり、尻込みしてここから逃げ出したくなる。

しかし辰は、がっちり朱夏の手首を握って離さなかった。

「とりあえず一周回る。俺の休日と電車代無駄にさせるんやったら、落とし前つけてもらうで？」

「私が垢抜けてないのは十分わかったから、もう帰ろ！」

辰は眉根を寄せて、イラッとした顔をする。だがすぐになにか思いついたように意地悪な笑みを浮かべると、朱夏の鼻先を指で押し潰した。

「大人しく着せ替え人形できたら、夕飯はリクエスト聞いたるわ」

朱夏はまんまと辰の罠に引っかかって、目をキラキラさせてしまった。

「ほんと⁉　じゃあね、親子丼が食べたい！　会社で親子丼の話が出て、それ聞いた時からもう食べたくて食べたくてよだれが……」

「今からよだれの予習せんでええわ！　ほな行くで」

「……親子丼親子丼親子丼親子丼」

「不気味な呪文唱えるのやめーや！」

辰は一瞬不安そうな顔をする。だが、どうしても朱夏に同年代の子たちと同じような休日を味わわせたいのか、「親子丼」と呟き続ける朱夏を連れてモール内を歩き始めた。

「ほら、あんなん卵みたいな色しとるし、朱夏に似合うと思うよ？」

「美味（おい）しそうな色だね。親子丼には海苔（のり）をぱらぱらかけたいな」

かなりトンチンカンな会話を間に挟みながらフロアを回っているうちに、少しずつ色々な商品を見るのが楽しく思えてくる。

あれこれ辰と話をしながら、気がつけば一通りの店を覗き終わっていた。すると、辰が一軒の店の前で足を止める。

入り口のマネキンは、シフォン素材のシャツと水色のストライプスカートを着ていた。辰はラックに吊るされていたスカートを手に取って、朱夏に見せる。

「これええんちゃう？　着てみいや」

「え？　誰が着るの？」

「俺がこのスカートはくと思ってんねんやったら、相当頭沸いとるで。叩き割ったろか？」

「……ごめんなさい」

「おもろないボケかましてると、親子丼の親抜きにするで。朱夏ごときに卵とじなんて言わせへん。子丼や子丼……そんな顔するなら、とっとと着ぃ、ほら！」

親子丼の親抜きは、確実に朱夏の心にガツンと響いた。

仕方なくスカートを辰から受け取り、しょんぼりした足取りで試着室に入る。

着替え終わって恐る恐るカーテンを開けると、辰ではなく店員が笑顔でやってきた。

「あ、あれ？」

「彼氏さんでしたら、あちらで別のお洋服を見てらっしゃいますよ。呼んできましょうか？」

「あわわわわ！　彼氏じゃないです！　ただの同居している死神で、中身はお母さんです！」

朱夏の慌てっぷりと訳のわからない言い分に、店員はきょとんとして固まってしまう。

朱夏は気まずくなって息を吐くと、「なんでもないです。呼ばないでいいです」と尻すぼみに答えた。

「かっこいい彼氏さんですね。金髪が似合う人は珍しいです……ところでサイズはどうですか？」

「えっと、彼氏じゃなくて死神……あ、サイズはちょうどいいです」

「お似合いですよ。お客様は小柄でスレンダーなので、こういったシルエットだと足が長く見えます」

「ほんとですか⁉」

喜んでいると、店員の後ろから辰がぬっと現れて眉毛を上げた。

「スレンダーは言いすぎやけど、豚足が牛スネくらいに見えるんはほんまや」

「うっわ、ぬか喜びになった。私の幸せな気持ちを返して。っていうか豚足ってなにそれ。食べたくなっちゃうじゃん」

朱夏の回答を聞くなり、辰の額に青筋が浮かぶ。

「アホなこと考えとらんで、これも着てみ」

辰は、手に持っていた淡い色味のデニムスカートを朱夏に押し付けた。

「ええっ！　もう一着⁉」

「言うこと聞かな、鶏も豚も卵もなしや」

二人のやりとりを聞いていた店員が、笑いながら去っていく。

朱夏は助けを求めたのだが、ずずいと辰がカーテンの間から試着室に入ってきて、慌てて押しやった。

着替えてもう一度見せると、辰はうーんと腕組みしながら頷く。

口ではまあまあと言いつつも、自分が選んだ服が朱夏に似合っていたので満足したようだ。

（……そういえば、死神にとって嬉しいことってなんだろう？）

試着したスカートを丁寧にハンガーに戻しながら、ふとそんなことが頭をよぎる。

（今日は私のために休日まで使って服を選んでくれたし、なにか私もシンにできるこ

とがあればいいな）

だが結局、一着も服を買うことなく、二人はモールをあとにして電車に乗り込んだ。

「買うたる言うてんのに、ほんまにええの？　ストライプのスカート似合っとったよ。豚足の冗談抜きにして」

朱夏は「いらないよ」と再度首を横に振る。辰には色々してもらいっぱなしなのに、さらにこれ以上甘えられないと思ってしまう。

「オシャレしたいなって思えるようになったら、自分で買いたい。その時が来たら、またお買い物に付き合ってくれる？」

辰は若干不服そうな視線で見下ろしてきた。

「それまで、会社の子に雑誌とか借りて勉強するね」

「約束な」

小指を出されたので、朱夏は辰と指切りをした。

「ショッピングに連れてきてくれてありがとう。こういうの今までしてこなかったから、すごく充実した気分だし楽しかったよ」

「……まあ、朱夏がそう思たんやったらよかったわ」

やっと辰が小さく微笑んだ。

朱夏は、怒った顔のほうが多い死神の、優しい笑顔をもっと見たい気持ちでいっぱいになる。

「ねえ、シン。シンが喜ぶことってなに？　今日はお出かけに付き合ってもらったし、私にできるお返しってないかな？」

　駅から家に向かう帰り道の途中で訊ねると、辰は肩をすくめた。

「んなもん決まってるやん。この先もずっと、朱夏が幸せでいることやで」

「――……え？」

　意外な返事だった上にシンプルだ。

「なんやその、アホが豆鉄砲食らったみたいな顔は。おかしいこと言うてないやろ？　死神やけど、俺も神の類や。人の幸せ願ってもええやろ」

　てっきり天国貯金を増やすことだと言われると予想していたので、朱夏は面食らってしまった。

「でも死神って、人の命を取りに来るんじゃなかったっけ？」

「アホか、今どきそんな迷信」

　ばっさりと切り捨てられて、朱夏は口を尖らせた。

「そんなこと言われたって、死神に会うの初めてだから」

「俺たちのいる部署はな、人の死を正確に管理把握してるだけやで。その中でも、突然変異の問題児が自殺しないことは、特に嬉しい」

辰は明らかに、スプレッダーである朱夏のことを言っている。

「スプレッダーが自殺するとな、多くの人間の人生計画が狂う。それを修正せなあかんの、ほんまにつらい。残業と仮眠の繰り返しで、気がついたら一週間とかな。てかたぶんほぼ寝てへんわ」

さすがにいくらなんでも過労死レベルだ。

「あんなん毎回されたら、ほんまに死神が死んでしまうわ」

「それはしゃれにもならないね」

「せやから、自殺を止めるためにこうして派遣されてんねん。人間の一生なんてあっという間やのに、自分から死んでしまうことないやん」

嫌なことが多いと落ち込む気持ちはわかるけどな、と辰はため息を吐く。

「生きとったら、誰かに助けてって言えるし、誰かが助けてくれるかもしれんやろ。でも、死んだら誰も助けてくれへんで」

朱夏はハッとした。地獄の苦行ワークが待っているのだと、辰に言われたことを思い出す。そこは、情け容赦のない孤独な世界なのだろう。

「それにな。自殺が悪いのは、生きとる多くの人間に、一生もんの悲しみっていう傷を負わせるからや」

「傷？」

「お前の父ちゃんが自殺してしもたらどう思う?」

「……なんで助けてあげられなかったんだろうって思う」

正解と言わんばかりに辰は頷いた。

「自殺は他の死に方よりも、より深く、生きてる人間に忘れられない心の傷を作ってまうことが多い。なんで優しくできへんかったんやろ、なんで真面目に相談を聞かなかったんやろ……ってな」

たしかにそうだ、と朱夏は反省した。

「そんなとりとめもない〈もしも〉に、生きてる人間を一生巻き込む。そんで、死があった時間に心を固定してしまう」

朱夏は、いつも以上に真面目な辰の横顔にじっと見入った。

「俺は朱夏にそうなってほしくない。お前はさ、アホみたいな顔して美味(うま)いもん食べて幸せになったらええ。そのために俺がおるしな」

ニヤッと笑われたが、朱夏は神妙な面持ちで頷いた。

「つまりは……シンが作った絶品料理を食べて、美味(おい)しいって言っていれば、シンが喜ぶことになるんだね?」

「………………えらい省(はぶ)いたけどまあええわ。朱夏は脳みそお豆腐ハンバーグかなんかやったん忘れとったわ」

がっくし肩を落とした辰が、ぎょっとしたような表情で立ち止まる。

「……親子丼の鶏肉がない。買いに行かな」

そう呟くや否(いな)や、辰は朱夏の手を取って方向転換し、足早に商店街へ向かった。

到着すると、辰に向かってあちこちの店から声がかけられる。

「あれ、辰君。彼女連れてるの⁉　やだ、可愛いじゃないの！」

精肉店に寄って鶏肉を購入しようとすると、店のおばちゃんが目を輝かせた。

「え、彼女ってなに？　どういうこと？」

状況がいまいち呑み込めていない朱夏は、辰と肉屋の婦人を交互に見た。

すると辰は、黙っておけと言わんばかりに手をぎゅううと強く握ってくる。

それ以上余計なことを言うと晩飯抜きだぞという視線を向けられて、朱夏は押し黙った。

「あら、彼女ちゃんは照れちゃっているわけね？　こんないい男が隣にいて、照れないほうがおかしいもんね。はいこれ、コロッケのサービス」

世話焼きかつ若者の恋を応援したい婦人は、顔中をきらめかせてコロッケを朱夏の前に差し出した。

「あーあかんあかん、おばちゃん！　こいつえらい食い意地張っとんねん。餌付けなんかしたら、毎日たかられるで！」

「わぁ、揚げたて！　ありがとうございます！　シン、今食べていい？」

辰の制止を聞かず、朱夏は出されたコロッケに飛びついた。

早く食べてと肉屋の婦人に急かさるまま、パクッとコロッケを一口齧る。そんな朱夏を、辰は半眼で見下ろした。

「……ええか。コロッケのせいで夕飯残したら、明日動かれへんほどくすぐったるから覚悟しいや」

「コロッケと、晩ご飯は、べつばら……あつっ！　美味しぃ‼」

「なんやその夕飯はデザートみたいな言い方！」

「シンのご飯は美味しいから、食後にもう一回食べられるよって意味」

「ぷっくぷくまっしぐらやで！　どつき回されながらジョギングしたいんやな⁉」

辰の小言を無視すると決め、コロッケをもぐもぐする。そんな二人の様子に肉屋のおばちゃんはいつまでもケラケラ笑っていた。

買い物を終えて商店街から外れたところで、朱夏は残しておいたコロッケを辰に渡す。

誰かと一緒に休日を過ごすのは、楽しいものなのだと実感していた。だから朱夏は、ありがとうの気持ちを込めて、コロッケの最後の一口を辰にあげる。

「へえ、おばちゃんやるなぁ。美味いわこれ」

「また食べたい。でも今度はシンの手作りがいいな」

辰はあきらめたような顔をして「今度な」と呟いた。

帰宅すると、すぐに辰は夕飯の準備に取りかかった。いつもはスーツにエプロンなので、私服姿で調理するのは珍しい。

「朱夏はさっさと風呂入り。それから洗濯な」

言われた通りにしないと夕食は抜きだというオーラを出された瞬間、朱夏はすぐにバスルームに走る。

しかし、たくさん歩いたのでお腹が空いて我慢ができなくなり、早々に風呂を出てしまった。

キッチンからは、だしと醤油のいい香りが漂ってきている。たまらず、髪の毛を乾かさないまま覗きに行くと、辰に「風邪引くやろ！」と怒られた。

「お母さんみたい……」

「誰がオカンや！」

朱夏は素早く大根のナムルをつまみ食いすると、雷を落とされる前にキッチンから逃げた。

「ナムル泥棒すんな！　ほんまにガキやなあいつ。あれ、俺もしや忘れてるだけで産んだっけな、朱夏……んなわけないか」

辰は一人でボケとツッコミをして、大きくため息を吐いた。

〈本日の晩ご飯〉
親子丼
大根のナムル
野菜の千切り味噌汁

「いただきます！」

「ほんまは、ナムル泥棒はしばかなあかんねんけど……どおぞ」

じっとりした視線を向けられるが、今日は辰の言うことを聞いてちゃんと試着をしたのだから、朱夏には夕食を食べる権利が十分ある。

朱夏は念願の親子丼にさっくりとれんげを差し込んだ。

「うっわぁ、トロトロ！」

ふわふわの半熟卵が、れんげの間からとろーりと垂れる。和風だしの香りに、朱夏のお腹は我慢できずぎゅるぎゅる鳴った。

一口すくったれんげにふうふう息を吹きかけて冷まし、ゆっくり口に運び入れる。

「んんんんん——……！　おいひぃ！　めっちゃおいひぃ！」

卵が口の中でやんわりとろけていく。甘いだしがご飯にたっぷりしみ込んでいて柔らかくほぐれた。

大きめに切られた鶏肉は、噛むとぷりぷりでジューシーなうまみが溢(あふ)れてくる。シャクシャク食感の残る玉ネギが最高のアクセントだ。

「美味(おい)しい！　もう最高！」

「気持ちええ食べっぷりやな……かき込むな、むせるやろ！　おかわりあるから、ゆっくり食べ」

「わふぁった、あいがと……うん、おいひぃ」

海苔(のり)を唇にくっつけながら、幸せな気持ちで親子丼を咀嚼(そしゃく)する。

「いっぱい試着して頑張ってよかった。こんなに美味(おい)しいご飯が食べられるんだもん！」

「及第点やな。オシャレもお出かけも、はよ楽しめるようにならんとな」

「わかった。まずは食材の買い出しするお出かけしたい」

「そっちかいな！　食材とオシャレ関係ないやん」

辰はガクッと肩を落とす。

「絶対楽しいと思う。なに作ってもらおうかなって考えながらのお買い物」

「それ食い倒れ前提やん！」

作って作ってと朱夏が言うのが容易に想像できたようで、辰は長い間クスクス笑っていた。

レシピ7　フレンチトースト

慣れないショッピングにはしゃぎ疲れたのか、朱夏は翌朝、盛大に寝坊をした。どんなに遅くても八時までにはリビングに顔を出すのに、時計の針が十分を過ぎても起きてこない。

物音さえしないので、辰は心配になって彼女の部屋の前までやってきた。

「……まさか、死んでへんやろな？」

ドアにぴたっと耳をつけてみたが、中から音はなにも聞こえてこない。こわごわノックをしてもまったく無反応だ。

しかし朱夏が起きてこないと、彼女のために作った朝飯が冷めてしまう。もう一度扉を叩いたが返事がないので、辰は扉をそうっと開けた。

「朱夏、起きへんの？」

隙間から声をかけると、それに反応してベッドの上の塊（かたまり）がもぞもぞ動く。

「おーきーろー朱夏！　五秒以内に起きへんかったら朝飯抜きやで！」

「うーん……シン、朝ご飯なあに……？」

辰は怒りがしゅるんと引っ込んで、代わりにあきれ返った。

「フ・レ・ン・チ・ト・オ・ス・ト！　さっさと起き!!」

「……フレンチ、トースト？」

「せや。卵たっぷりしみ込んで、甘くてあつあつでトロトロや。メープルシロップもあるで。ごーよーんさーん」

「食べる！」

朱夏は瞬時にがばっと起き上がり、辰のいる扉まで駆けてくる。ところが、寝ぼけて足元がおぼつかずつまずきそうになり、とっさに辰は朱夏を支えた。

「シンおはよう！　顔洗ってくるから、フレンチトーストあつあつで待っててお願い！」

美味（おい）しいものを食せる嬉しさに、なにやら怪しげな笑みを浮かべて辰を覗き込んでくる。

「…………はよ洗ってきい」

手を離すと、朱夏は洗面所に走っていった。

「……ほんまに危なっかしいなあ」

辰はやれやれと頭を掻きながら一階に下りて、朝食の用意を整えた。

〈本日の朝ご飯〉
　バター香るフレンチトースト～メープルシロップがけ～
　クロックムッシュ
　野菜のコンソメスープ

黄金色に輝くパンが卓上に並べられているのを見るなり、朱夏は目をキラキラさせた。

「はよ食べ。冷めるで」

「いただきます！」

「どおぞ」

朱夏の目の前にはフレンチトーストが、辰の前にはクロックムッシュが置いてある。

「あれ？　シンはフレンチトースト食べないの？」

「俺には甘すぎんねん。クロックムッシュ作ったけど、一ついるやろ？」

中心部までしっかりと卵を吸ったパンの上に、炒めた玉ネギとトマト、ハム、チーズが載せられている。

　皿の上にあるそれを指さすと、途端に朱夏の表情が輝き始める。予想通りの反応に苦笑いしながら、辰はクロックムッシュの半分を朱夏に渡した。

「シンにもフレンチトーストあげる。まだメープルかかっていないところなら食べられる？」

「そんなら、少しだけもらうわ」

　端っこを辰が取り皿に載せるのを見届けた朱夏は、まずクロックムッシュにかぶりついた。

「んっ……おいひい！　玉ネギがシャクシャクで、トマトがみずみずしい。ハムの塩気が絶妙……！」

「うん。美味(うま)いな。俺は甘いのあんまりやから、やっぱりこっちのがええな」

「どれどれフレンチトーストのお味は…まあ、言わなくても美味(おい)しいのが匂いだけでわかるっていう………んー！　美味(おい)しい！　なにこれめちゃくちゃ美味(おい)しい！」

「コツはたっぷりしみ込ませた卵やで」

　歯を当てるとカリッと、そしてそのあとはふわっふわの甘みが溶け出し口の中に広がっていく。

　濃厚なバターとバニラエッセンスの香りに包まれた至福の朝食を、朱夏は満面の笑みで頬張った。

名残惜しそうな顔でメープルシロップを戸棚に戻した朱夏が、ごちそうさまをして片づけ始める。

一方辰は始業前だというのに、コーヒーを飲みつつ天国から送られてくる資料に目を通していた。

「今さらだけど、シンは昨日みたいに休みの日まで私と一緒にいて平気？　もしかして私のこと……監視しているとか？」

辰はコーヒーを噴きそうになってむせた。

「誰が監視や。言うてへんかったか？　試験やねん」

「料理の資格の？」

「……朱夏は頭の中、お豆腐ハンバーグやったな。なんで自殺未遂の娘のとこまで来て料理の試験せなあかんねん！」

辰は眉根を寄せて、コーヒーをがぶがぶ飲んだ。

「昇進試験や」

「私と一緒にいることが？」

「スプレッダーの自死を止めてその原因に向き合い、更生させるっていうもんやねんけど……」

　そこで辰は、ハッとしてマグを机に置いた。

「……合格基準聞いてへんわ。朱夏と一緒に生活して大丈夫か、俺のほうが聞きたい」

「うそ⁉　すぐ確認するのがいいと思うけど」

「そおやな。ひとまず、資料取り寄せるか」

　今までの試験の内容と対処法を記した分厚い資料を、空中からパッと取り出して机の上に広げて確認した。

　しかしその二秒後には、眉間にしわが寄ってくる。

「……おいおいおいおいおいおい！　ちょお待て。なんで極秘資料扱いになってんねん！　誰でも閲覧可能のはずやろ、これ！」

　辰は怒りながら、資料を思いきり睨みつけた。

　様子がおかしいことに気がついた朱夏が、ソファの後ろからそっと近寄り辰の手元を覗き込んだ。

「わ、ほんとだ。極秘ってなってる！」

　めくってもめくっても、これ見よがしに『極秘』の文字が大きく刻みつけられている。さらに一部の資料にはしっかり封がされていて、開くことさえできなかった。

「んなわけあるか！　絶対に嫌がらせや！　あんの神様（やろう）！」

――ブッブー。

悪態を吐くなり、突如気の抜ける音が鳴り響く。辰は今度こそ資料をすごい力で握り潰した。

「神様、やっぱり一回しばかなあかん！」

――ブッブー！

――ブッブッブッブー‼

辰は額に青筋を立てる。

「あっかーん！」

今にも資料を破き捨ててポイッとしそうになっていると、朱夏が慌てて後ろから羽交い締めにして止めてくる。

「ちょっとちょっと、シン！　ダメダメ！　暴力反対！」

今にも暴れ出したい気持ちだったのだが、仕方ないといったん怒りを鎮め、辰はどすんとソファに座り直した。

「くそっ。なんやねん！」

「……まあ、とりあえずこうして一緒にいることは、違反じゃないってことだよね」

朱夏の声に、すぐさまピンポーンと音がする。朱夏はホッとした様子で辰の隣に座ってきた。

「じゃあ、シンに料理を作ってもらうのも違反じゃない……？」

訊ねるように朱夏が問うと、またもや正解を知らせる音が鳴り響く。

「ほら、大丈夫だって！　……そんな目で見ないでよ。いいじゃん、私はシンの手料理が好きなの。今いなくなられたら困るよ」

「……あんまり依存しすぎるのはあかんで。俺がいなくても、きっちり生きてってもらわな」

「それは、わかってるけど。でもいつかシンがいなくなって、この家で一人になっちゃったら、私はどうしたらいいの？」

「そんなんそん時考えたら――」

辰の言葉を聞いていた朱夏の表情から、だんだん血の気が引いてくのが見えた。

辰は慌てて朱夏に向き直り、肩に手を置く。

「安心しい。彼氏ができるまでは側におるから」

「……なにそれ。私に彼氏ができたら、シンは出ていっちゃうの？」

「そら……男と暮らしてるのが彼氏にバレたら、まずいやろ？」

朱夏に言い聞かせるように、辰はゆっくりと噛み砕きながら話す。しかし朱夏は、納得がいかない様子だ。

「じゃあ彼氏いらない。ずっとシンのご飯が食べたいから」

「若い子がそんなん言うもんちゃうで。好きな奴くらいおったほうがいい」

「まるでお母さんみたい」

「朱夏を産んだ覚えはありません。そうやなくて、俺は今ものすごく真面目な話してんねん」

　朱夏はじっとりした視線を向けてきた。

「彼氏の一人や二人くらいは……ああ、二人はあかんのか。まあとにかく、好きな奴ができたら朱夏の気も変わるできっと」

　諭（さと）すように言ってもなお、朱夏は納得ができかねるようだ。

「そんなことない、変わらずシンのことが必要だよ」

「おいこら、いい加減言うこと聞き」

「……わかった。じゃあそれまでは側にいてね」

「ああ、ええよ。上に申請出しとくわ」

　絶対だよ、と朱夏は辰に向かって小指を突き出してくる。辰が小指を絡めたところで、朱夏は口を開いた。

「ゆーびきーりげんまん、うーそついたら……シンの毛むしる！」

「なんやそれ、はげてまうやん！　いやその前におかしいやろ！」

　怒声に構わず指をきると、朱夏は立ち上がって辰を見下ろしてきた。

「彼氏なんていらないし、シンへの気持ちも変わらない。いなくなったら嫌だってば……なんでわかんないの、馬鹿！」

「あっこら！　馬鹿は地味に傷つくんやで……じゃなくて待っ……」

盛大に機嫌を損ねたらしい朱夏は、辰を無視して部屋を出ていってしまう。

彼女に向けて伸ばした手が空中で行き場を失った。するとリビングに戻ってきた朱夏は、わざわざあっかんべーをしてから自室に駆け上がっていった。

「――……なんやねん、あいつ」

辰は脱力して、極秘扱いになってしまった資料をもとに戻す。

しかしその時、ぺらりと紙が一枚手元に落ちてきた。

「ん？」

「きちんと責任取れたら合格だよー……？　神様(あいつ)の仕業(しわざ)やな、ちくしょう」

書かれている文字を見て、辰は心の中で舌打ちした。

「なにを偉っそうに責任とか言うとんねん。朱夏はいっぺんくらい、ほんまに人を好きになる気持ち学ばんとヤバいやろ」

辰はもう怒る気力すら萎(な)えて、紙を丸めるとぽいっと捨てた。

「俺がきちんと責任取ったるわ。要は、朱夏に好きな男ができたらええねんな？　任しとけ、うってつけの奴が天国におる」

辰はさっそく朱夏のために動き始めることに決めた。

レシピ8　そらまめのシチュー

会社の定期メンテナンスのため半日で帰ってくると告げて、朱夏はムスッとした顔で出勤していった。

彼女の小柄な背を見送った辰は、大急ぎで天国（しょくば）に向かう。

急ぐと言っても、自分が使っている部屋のクローゼットを開けたらすぐだ。天国に内緒で改造したのだが、戸を開けて閉めるだけの直通になっている。

そうして朱夏の家から二秒で職場の非常階段に到着すると、辰は死神たちが働く部署を通過して隣のフロアに向かった。

「よお、暁（あかつき）」

なじみの人物に声をかける。椅子をくるんと回しながら、もさっとした髪に柔和な顔をした若い男が辰を見上げてきた。

「あれ？　昇進試験の真っ最中じゃなかったっけ？」

「せや、だから忙しいんや。でな、神様（ボス）のパワハラがガチやねん。俺に人間の娘をどうにかしろ言うてんねん」

「……だって、それが試験内容なんでしょ？」

「だってもくそもあるかいな！　過去のデータベース見れへんように極秘資料扱いにしやがって、めっちゃ腹立つ！」

その場で怒り始める辰に、ゆるい顔をした青年――縁結びの神である暁はクスクス笑った。

「神様はそういうこと普通はしないけど、辰への愛だね、愛」

「んなきっしょいもんいらん。で、担当のスプレッダー食いしん坊娘がな、俺の飯ずっと食いたいから、彼氏欲しくない～って駄々こねてんの。これじゃあかん」

それは困ったねぇ、と暁は毛ほどにも思っていない顔をしながら首をかしげる。暁のデスクに、辰は勢いよく手を突いた。

「朱夏に縁結んでやって！　あの娘に彼氏とか好きな奴ができへんかったら不合格やねん。上も俺に責任取れ言うてるし、ここは俺が真面目にどうにかしてやらんと」

暁はほんの少し眉根を寄せた。

「……辰。なんかそれって変じゃない？」

「はあ？　どこも変ちゃうよ。とりあえず朱夏に彼氏候補おらんの？」

辰は横にあった椅子を引っ張ってきて、暁の手元を覗き込む。

縁結びの神が持つ端末には、人間の出生から今までの人付き合い、これから先の予定が漏れなく記載されている。

うーんと渋りながら、暁は朱夏の情報を引っ張り出し始めた。

「過去に出会った人には、彼氏候補になりそうな人はあんまりだね。これから先かな、と思ったんだけど……」

暁はどんどん記録を確認していくが、それに伴って声のトーンが落ちていく。

「この子スプレッダーだったから、先が決まってなかったみたい。で、ほぼ白紙になってる感じだね。ほら」

辰はページを見るなり、あんぐりと口を開けた。

「なんやこれ、すっかすかやないか!!」

通常であれば、出会う予定の人間や、その人と出会わなかった場合に出会う別の人間の情報が、頭が痛くなるほどビッシリ書かれている。

だが朱夏は、予定がまったくと言っていいほどない。

「ここまで白紙に近いのは珍しいね……見てこれ。彼氏候補がちっとも出てこない。どういうことだろうっていうくらい！」

あまりのレアケースに暁がはしゃぎ始めると、あかーん！　と辰はハスキーな声で怒り始めた。

「朱夏が嫁に行き遅れてしまったらどうすんねん⁉　人の一生は短いのに！　恋もせんと、美味いもんばっか食ってたらぷっくぷくやん！」

「まあまあ、そう怒らないでって。これから先に見込みがないなら、今までの中でどこかに縁の結び目を作ったり、すでに作られていたりするし……僕たちが知らない間に運命は動いていることだって多いでしょ？」

　辰はのんきに構えている暁に向かって、恐ろしい顔で告げた。

「……暁。今から俺が出す条件の男、彼氏候補に追加しといて」

「え、ちょっと待ってよ。もう少し調べたらどこかに縁の結び目があるかもだし。そっちからのほうが自然だよ」

「朱夏に彼氏できへんかったら、お前のせいにするからな！」

「あーっと。それは困るけど。でもさ、勝手にそういうことしないほうがよくない？おせっかいがすぎるというか……」

　言いかけた暁は、辰に半眼で睨みつけられてふうと息を吐く。辰は半分怒り気味に条件をずらずらと紙に書き連ねて、縁結びのフロアから出たのだった。

　仕事を半日で終えた辰は、朱夏が帰ってくるのを玄関で仁王立ちして待ち構えていた。

「ただいま……ってなにしてるの？　仁王像の真似？」

「おかえり。せや、お寺さんからスカウトされてんねん……って誰がそんなことするかアホ！　ちょっとこっちきて！」

不思議な顔をしてついてくる朱夏に「手洗い、うがい！」と怒る。朱夏はそれらと着替えを済ませて、辰の横に腰を下ろした。

「どうしたの？　いつも以上におっかない顔して。それより今日の晩ご飯なあに？」

「夕飯の前に大事な話や」

いつになく真面目かつ、怒っている辰に向かって朱夏は首をかしげる。

「あのな、朱夏。近々いい感じの男性と出会えるようにしといたからな」

「はいいい？　なにいきなり、どういうこと⁉」

「だーかーら！　恋しなさい！　なにが『彼氏いらない！』やねん。そんなんあかん、オカンは認めません。人を好きになるのも人生の経験や」

朱夏はムッと眉根を寄せ、辰に向き直って口を開いた。

「恋人ができたらシンが出ていっちゃうのに、なんで出会わなくちゃなの？　それともシンは、迷惑をかけてる私と早く離れたいってこと？」

「はああああ？　んなわけないやろ。お前は俺の担当や。面倒みる覚悟くらいあるわ。そうやなくて、恋したら楽しいやんか」

わかりやすく説明したつもりだが、朱夏は眉根を寄せた。

「別に彼氏がいようがいまいが、今の楽しさは変わらないよ！」

「もー遅い。縁結びの神に言ってきたしな」

「えっ⁉　なにを言ったの⁉」

「身長高めのバイリンガルで、将来は朱夏と子ども二人は養える余裕があるくらいの男。ちなみに優しくて血液型はA型の蠍座。んでもって、ギャンブル、酒、女に興味なしの、子煩悩で朱夏の両親も大事にできる次男坊」

　辰はこれなら間違いないと確信を持っていた。

「あ！　ついでにまめな奴も追加や。あとは動物にも優しくないとあかんわ。これも伝えとかな」

「……シン、ちょっと待ってってば。なにお母さんみたいなこと言ってるの？　関西の口やかましいおばちゃんみたいになってるし、小姑感半端ないっていうか……」

「誰が小姑や？」

　慌て始めた朱夏を辰はぎろりと睨む。

「ねえシン。ほんとに私、恋人とかいらないんだってば。今、この生活で十分なの。この先も十分幸せなの。それに、そんな人タイプじゃないし」

「お前が嫁に行けへんかったら、俺が責任取らんとと思ってんのに。やかましいとはどの口が言うか」

「なんで私の人生の責任をシンが取らなきゃなの？　あと、シンのそれはちょっと違う気がするんだけど」

同じことを今日二回も言われた辰は、ほんの少し面食らった。

「だけどもう言うてしまったしなぁ。近々ほんまにええ男現れるはずやし、そしたら朱夏も――」

「あーもー！　いいって言ったらいいの！」

辰の言葉を遮って、朱夏は珍しく大きな声を張り上げた。

「私にはシンがいればいいの！　でもそんなに私から離れたいならもういい！　この馬鹿死神、あっちいって！」

朱夏は顔を真っ赤にして今にも泣きそうな顔で立ち上がると、二階の自室にバタバタ走り去ってしまった。

「はあ？　なんやねん、あいつ……？」

辰はぽかんとして、そのまましばらく動けないでいた。

「おせっかいやなくて、必要なことちゃうんか？　そんなに怒らんでもええやん」

朱夏にとっていい条件なのに、と辰は眉根を寄せる。彼女が怒っている理由がわからず、朱夏の部屋の前まで行って扉をノックした。

「おい、朱……」

「入ってこないで！」

即座に怒声が飛んできた。辰は仕方なく、退社した職場に戻ることになった。

「――ああ、やっぱり帰ってきた」

そう言いながら天国で辰を迎えたのは暁だ。頭を抱えている辰の様子に笑いを噛み殺しながら近寄ってくる。

「怒られたでしょ？　だから、おせっかいすぎるのはダメって言ったのに」

「わからん。なんでや？」

暁は肩を落とす。

「しまいには俺がおればええって……あかんやん、そんなん」

「あのね、辰。ダメも不可能も、実はこの世にないよ。朱夏ちゃんの気持ち考えた？　辰がしたのは、押し付けや押し売りって言うんじゃないの？」

「人を好きになってもらいたいねん。死神(おれ)やなくて」

腕組みしながら複雑な顔をしている辰に向かって、暁は笑顔でぽんと肩に手をのせてきた。

「朱夏ちゃんにとって、今はなにより辰が大事なんだ。なのに、君が家から出て行くようなことを匂わせたら、彼女だって傷つくよ」

「そうやけど」

「そんなこと言って、なんでわざわざ彼女を不安にさせたのかっていうほうが、僕としては疑問なんだけどな」

辰は眉根を寄せて、いつもの笑みをたたえている暁をまっすぐ見つめ返す。

「やっと立ち直ってきたのに、なんで傷をえぐるようなことしてるのさ。辰は死神なのに」

あまりにも正論を突かれて、辰はぐっと言葉を呑み込んだ。笑顔の暁の目は笑っていない。

「……失格やな」

「失格してないから、まだ死神のままでしょ？　早く謝っておいでよ」

重たい空気を吹き飛ばすように、暁はぽんぽんと辰の肩を叩いた。

「ちなみに、辰の出した条件にぴったりの人が朱夏ちゃんの近くにいたんだ。……で、その人と朱夏ちゃんを相性シミュレーターにかけたら、辰が邪魔しておじゃんだったよ」

「げえ、なんやそれ。俺が悪者やん！」

辰の反応に、暁はクスクス笑う。

「ところで、辰こそ朱夏ちゃんに彼氏ができていいの？」

「当たり前や」

「だよね～。これで毎日献立を考える負担が減るし、神様とやり合わなくて済むし」

「あいつが幸せなんが一番ええやん。これで昇進試験もサクッと合格や」

「そうだね。朱夏ちゃんが素敵な男性と一緒にお出かけしたり、その人のためにオシャレしたりするのを陰から応援できるね！」

「お前……なにが言いたい？」

　暁はさらに口を開いた。

「『今日の晩ご飯なあに？』って笑顔で帰ってきて、その人の作った手料理を美味しそうに食べてる姿を天国から見られるね。そうやって見守っていれば満足だよね！」

　暁の一言に、辰の眉間のしわはより一層深くなった。

「僕たちは遠くからしか手を差し伸べられないけど、それでいいんだ。特に辰は死神だから、次に会えるのは朱夏ちゃんが死んだ時で」

「それは、そうやねんけど……」

　朱夏に彼氏を作れと言ったのは辰自身だ。なのに、暁に言われたことに辰の気持ちが揺らぐ。

　本当に朱夏に彼氏や大事な人ができた時、状況をすんなり受け入れられるかどうか、辰はわからなくなってきた。

「よーし。じゃあ辰の試験合格のために、今ここで縁を結んじゃおっか！」

縁結びの力を発揮しようと、暁は手のひらに二本の糸を出現させる。

一つは朱夏のもので、もう一本は辰の出した条件に当てはまった彼氏候補のものだ。

二本の糸を結んでしまえば、朱夏にはあっという間に素敵な恋人ができる。ただいまと駆け寄ってくる笑顔は、これから別の人に向けられる。

気づくと辰は、糸をこよろうとした暁の手を掴んでいた。

「……ちょ、待って。いったん考えまとめるから、待って」

「いいよ。でもなんで？」

「タイプやないって言っとったし、無理やり結んでもあかんよな？」

辰が複雑な顔をしていると、暁は両手の糸をこよるのをやめた。

「それもそうだけど、辰はどうしたいの？」

「それは……」

今さっき暁に言われたことを脳内で反芻（はんすう）して、辰はガクッと肩を落とした。

「――……俺のほうがあかんわ。しんどい」

「でしょう？　じゃあ駄々こねてないで、一緒にいたほうがいいんじゃない？」

「せやな。ひとまず見守っとく」

「いい心がけだけど、でもまずは早く戻って謝らないと。お部屋で泣いてるよ」

途端、辰は暁を睨んだ。

「お前……朱夏が泣いてるんやったら、そっちを先に言わんかい！」

文字通り辰は大慌てで踵を返した。去っていく金髪を見て暁は苦笑いする。

「言わなかったけど、もう君らの糸は結ばれていたよ。解くのは簡単だけど、きっとこのままのほうがいいよね」

暁は結ばれている二本の赤い糸を、ツンツンと指先でつつく。

「まぁ、それでも一応、彼氏候補になりそうな人物を探してみようかな。気づいていないだけで、縁が深い人って案外近くにいるもんなんだよね～」

朱夏がたくさんの人と出会える人生を送れるように、予定をたくさん作ってあげようと暁は笑顔でデスクに向かった。


辰は家に戻るなり、慌てて朱夏の部屋の前に立った。

「朱夏、ドア開けて」

少々乱暴にノックを繰り返したが、拗ねてしまったのか反応しない。

「しゅーかー。お願い、開けて。嫌なら話聞くだけでもええから」

少し譲歩したところで、中の人物が扉の近くまで来る気配があった。辰は扉を叩く手を止める。

「ごめんな、俺突っ走りすぎたわ。朱夏のためと思ったことが、おせっかいやったな。縁結びは取り消してきたから安心しいや」

朱夏が扉の向こうで身じろぎしたようだ。

辰は扉に背中を向けて寄りかかると、腕組みしながらそのまま続けた。

「機嫌直して。俺、どこにも行かへんし、行かれへんし、朱夏の面倒みやな試験不合格やし。あーちゃうちゃう、試験うんぬんやなくてな、別に不合格でもええねん」

あの笑顔を見られなくなるのを想像すると、辰はモヤモヤする。

「朱夏が幸せになってくれたらそれでええ。せやから、ずっと側におるし……」

次の瞬間――

扉が後ろに引かれ、辰は盛大にたたらを踏んで体勢を崩した。

わっと声を上げかけた時、朱夏が後ろから抱きついてくる。体勢を立て直した辰は、ホッとしながら朱夏の手を少々強めに握った。

「ごめんな」

「ほんとに出ていかない？」

辰はため息を吐いて朱夏の手を離すと、正面から抱きしめ直す。

「約束する」

「ずっと一緒？」

「もちろんやで。機嫌直してくれるか？」

朱夏は辰の胸に顔をうずめたまま頷いた。頭をポンポンと撫でてから、辰は微笑む。

「夕飯はそらまめのシチュー。皮剥くの手伝って」

それに、朱夏は再度うんと首を動かす。泣いたせいか、朱夏の身体はずいぶん熱くなっている。

朱夏の小柄な身体から伝わる温もりに、辰はなぜか自分自身のほうが心底安堵していた。

〈本日の晩ご飯〉
そらまめのシチュー
レタスとトマトとナッツのサラダ
ほうれん草のおひたし

「いただきます！」

「どおぞ」

すっかり機嫌のよくなった朱夏は、雑穀米にたっぷりかけたあつあつシチューを、スプーンですくった。

まだ湯気の出ているそれに、ふうふうと息を吹きかける。

そして、一気に頬張った。

「おいひーい！」

ほろほろしつつ弾力のあるそらまめは、噛めば噛むほど爽やかな美味しさがしみ出してくる。コクのあるルーに幸せな甘さが溶けだし、ご飯との相性は最高だ。

「美味しい！　……うーん、お・い・し・い！」

「わかったって。まったく大袈裟やな」

「美味しいんだもん、シンの料理」

「今日は手伝ってもらったから、朱夏の料理でもある」

「そっか！　じゃあ共同料理だね」

朱夏は嬉しそうにしながら、今日の一日一善を話し始める。それを聞きながら、辰は違うことを考えていた。

（よくもまあ、こんな顔して俺の作ったもん食べる奴に、彼氏作れとか言ったもんやな）

朱夏の人生に踏み込んで、離れがたくなっているのは辰のほうだ。

暁に煽られた時に感じた胸のモヤモヤをなんと呼ぶのか、辰は十分わかっている。

「シンどうしよう、シチューってこんなに甘かったっけ？　おかわりしていい？」

バクバク食べる姿に、「よく噛んで食べ」と言いながら、朱夏の口元についたご飯粒を指でつまんだ。

その指をぺろりと舐めると、辰は自分のシチューを食べ始める。

だから、朱夏が驚きながら赤面しているのには気がつかなかった。

レシピ9　麻婆豆腐

七月も終わりに近づいたある日の夕方、ピンポーンと玄関のチャイムが鳴った。

宅配を頼んでいるわけでもないのになんだろうと、朱夏はカメラの映像を覗き込む。

そこには、見知らぬスーツ姿の男性が映っていた。

「ん？　誰だろう？」

応答を躊躇っていると、またもやチャイムが押される。すると、すかさず辰がキッチンから声を張り上げた。

「朱夏、はよ行き！　いたずらと怪しい訪問やったら、キッツイのかましたれ！」

ずどどどという音が聞こえてくるくらい、辰は高速で包丁を動かしている。

どうやら神様にこき使われたようで、本日の死神シェフはネギに八つ当たりをしている真っ最中だ。

朱夏は「ほーい」とのんきに返事をすると玄関の扉に手を伸ばす。

「はい。ええと、ご用件は？」

戸を開けるなり、屈強そうな体躯が視界に入ってくる。背の高い辰よりも頭一つ分は大きい。

「門宮朱夏さん？」

「はい……？」

返事をしながら見上げると、男はかけていたサングラスを取った。三十前半くらいの端整な顔立ちに穏やかな表情が露わになる。きっちりとまとめられた髪の毛は清潔感があり、いい香りが漂っていた。

「ほんとうに、ここに住んでいるんだね？」

「え？　はい、そうですけど……」

「君の家だよね？」

「ええ、もちろん」

「借金があったのに、どうして……？」

朱夏はハッとして外に視線を向ける。高級そうな黒塗りの乗用車が停車しているのを見た瞬間、身体が大きく震えた。

慌てて玄関を閉めようとすると、「あ、待って」と扉を掴まれて押し入られそうになる。

「放してください！　人違いです！」

「怖がらないで、取り立てじゃない。話を聞いてほしい」

恐慌をきたし歯の根が合わなくなりそうになったところで、家の中からガタンと音が聞こえた。

「朱夏！　なに騒いでんねん！　近所迷惑になるやろが！」

どっちが近所迷惑かわからないどでかいハスキーボイスとともに、辰が手を拭きながらキッチンから出てくる。

「はあ？　客ほったらかしてなにしてんねん？」

朱夏は大慌てで辰に駆け寄り、その後ろに隠れた。

「……ヤクザが取り立てに来た……」

様子がおかしいことに気がついた辰は、玄関の戸を持ったまま固まっている男を怪訝そうに見た。

「俺が追い払ったの、もっとどえらいヤクザ顔してた奴らやで？」

辰が朱夏に言い聞かせていると、玄関にいた男はふうとため息を吐いた。

「……あれは、下請けの下請けの下っ端なもんでね」

「はあ？　まさか、ほんまもんのヤクザ来たんか？」

辰がぎょっとすると、男は真面目な顔をして頷いた。

「あれは新社会人がポンと出せる金額じゃない。門宮さんはどうやって金を用意したんだろうと思ってね……万が一、他の組織が絡んでいたらややこしくなるから」

「つまりは、朱夏のアホ親族が金借りた闇んとこの、大元の親玉やんな？」

「そうだ。柏木(かしわぎ)組の柏木虎徹(こてつ)という」

辰はしばらく考えてから、ふむと肩をすくめた。

「……まあ上がっていきーや。茶くらい出したるわ」

「え、待って待って！　嫌だよ！」

辰の提案に朱夏は半泣きで抗議の声を上げる。すると振り返った辰が、小声で告げてきた。

「安心しぃ。いざとなったら別の部署に頼んで、あの男の記憶ごっそり消し飛ばしたるから」

「でも」

朱夏は玄関に居座っている虎徹をちらりと見る。

「いや。たぶんあいつは話のわかる奴やで。それにな、話濁(にご)して帰したらまた来るで……せやろ？」

男は爽やかに「ええ」と言い放つ。朱夏は真っ青になった。

「だったらここで話しつけといたほうがいい。ほら、くっついてないで、リビングか、怖いなら自分の部屋はよ行き」

それでも朱夏が辰から離れないでいると、彼は朱夏を引きずって廊下を歩く。

虎徹は「お邪魔します」と言うと、脱いだ靴をそろえてから家に入ってきた。

おっかなびっくりしている朱夏をソファに座らせて、辰は冷やしておいた麦茶を出す。

虎徹は丁寧にお辞儀をしてからコップに手を伸ばした。その仕草や礼儀正しさは、朱夏が見てきた今までのチンピラとは大違いだ。

「急に押しかけてすまない。こうしないと、取り合ってくれないと思ってね。で、あなたは、門宮さんとは一体どういう関係かな？」

虎徹はエプロンをしたままの辰を少々訝しげに見た。

「俺は朱夏の担当死神で、天国から派遣されてんねん。そんでもってお前が聞きたいのは、あの返済金をどおやってこさえたかって話やろ？」

「死神？　門宮さんは危ないことに巻き込まれてしまっているのか――」

虎徹は表情を曇らせ朱夏の心配を始める。辰はそれに構わず、続きを口にした。

「天国に貯めてあった朱夏の貯金下ろして返済したんや。正真正銘、朱夏の金やから。

ほなひとまずこれでええな？　茶飲み終わったら帰って」

辰が伝えると、虎徹は眉をぴくりと動かした。

「門宮さん、この人は――」

「せやから死神やって言うてるやん。あんましゴタゴタ言わんといて」

虎徹はしっかり頷いて、背筋を正すと朱夏に向き直った。

「門宮さん。この人が天国社という金融会社の君の担当なのかな？　貯めていた貯金を下ろしたか、この人の会社が立て替えているんだね？」

「え、ええっと……」

「この人もここに一緒に住んでいるようだけれど、君は大丈夫？　なにか変なことをされていない？」

あまりにも心配そうに訊ねられ、朱夏はぽかんとした。相手にされなかった辰は、逆に額に青筋を立てている。

「おまっ、ちょお待ちぃ――」

「シンは優しいです！　私の借金をどうにかしてくれたし、面倒もみてくれて……」

虎徹は整った眉を不審そうに寄せる。

「弱みを握られて脅されているとかじゃない？　この男は危険に見えるが」

「虎徹とか言うたな、お前。ちょっといっぺんしばいた――」

「いえ、違います！　本当に、お金は私のものです。変なことも、危ないこともしていません。強いて言えば……」

そこで朱夏は言葉を切る。

「弱みというか、胃袋掴まれちゃってます。それが弱みかも」

「胃袋を……まさか、臓器を売って――」

「おいこら虎徹。ほんまに一回外出るか？」

朱夏は、お玉を持ったまま鬼の形相をしている辰と、冷静な虎徹を交互に見た。

「ほ、本当に大丈夫ですから！　シンってば、喧嘩しないでよ！」

朱夏の制止で辰は止まった。二人の関係が危ないものではないと判断したらしい虎徹は、落ち着いた様子で頷く。

あの下請けはひとまずクビだな、と虎徹は顎を撫でながらため息を吐いた。

「大丈夫ならよかった。それに、金が君のものなら問題ない」

「……心配しないでください、もう全部終わったことなので」

朱夏が言うと同時に、チャリーンという音が聞こえてきた。

天国貯金は、順調に蓄えられているようだ。

ホッと安堵の空気が流れた時、突然、見知らぬ人物がリビングに顔を出した。

「辰、やっぱりここにいた！」

玄関のチャイムどころか誰かが入ってきた気配もなかったので、朱夏は驚きすぎて悲鳴さえ出なかった。

ギョッとしている三人に構わず、ちょっとよれたグレーのスーツを着た、笑顔の青年がのんきな様子で話しだす。

「いくらフロアを捜してもいないから、押しかけてきちゃった」

虎徹の仲間が来たと朱夏は思ったのだが、青年に対して辰が思い切り眉を吊り上げた。

「げぇ、暁！　勝手に入ってくんな、不法侵入でポリ呼ぶで」

「ふふふ。ごめんごめん。色々と報告しようと思ったんだ」

暁と呼ばれた青年はどうやら辰の知り合いのようだったので、朱夏は落ち着きを取り戻した。

誰なのか説明を求める視線を辰に送ると、だるそうに「同僚」と返ってくる。

「なんやねん追いかけてくるとか、お前暇やな。今から残業しに戻っとけ」

「その前に。そこにいる虎徹さんがね、辰がこの間言っていた注文通りの人なんだ」

「……はあ？」

暁は、柔和な笑顔を口元に浮かべたまま、スーツの内ポケットから紙を取り出す。

「身長高めのバイリンガルで、将来は朱夏ちゃんと子ども二人を養える余裕があって、優しくてA型の蠍座。ギャンブル、酒、女に興味がなくて、子煩悩で朱夏ちゃんの両親も大事にできる次男坊……自分で言っておいて忘れたの？」

「暁、お前なにしてくれてんねん！　もう終わった話やろ！」

辰の顔が青ざめる。しかし暁は固まった辰を放置して、朱夏と虎徹を交互に見た。

「自己紹介が遅れちゃったね。僕は、縁結びの神をしている暁だよ。朱夏ちゃんも、虎徹君もよろしくね」

ぽかんとしている朱夏と虎徹にニコッと笑いかけながら、暁は誰の許可もなく椅子に座ってきた。

おかしな空気が流れる中、沈黙を破ったのは虎徹だ。

冷静だった彼もこの状況はさすがに訳がわからないようで、渋い顔で腕組みする。

「……縁結び？　というか、俺の個人情報をどこで手に入れて……？」

「どこって、天国のデータベースに載っているよ。僕たちは、君たち人間の人生をしっかり管理サポートしなくちゃだからね」

「門宮朱夏さん、本当に大丈夫？」

虎徹は心配そうに朱夏を見た。

「あ、はい。たぶん大丈夫です……ちょっと私もよくわかんない状況ですけど」

朱夏から戸惑いの視線を向けられた辰も、完全に困ってしまっている。

「まー……とりあえず借金は朱夏の金やから問題ない。俺たちも、別に怪しいもんでも脅してるわけでもない、ただの下っ端の神やねん」

そうそう、と暁が気の抜ける相槌を打つ。

「あとなぁ暁。朱夏の自殺の原因になるような奴が、彼氏候補なんてアホかいな！」

「でもそれは条件に入ってなかったよね？」

「普通にあかんやろ！　お前の脳みそミジンコか、しばくぞ！」

がーがー文句を言い始めた辰を怖がるどころか、暁は慣れた様子で笑いながらかわす。

「天国のシミュレーターは優秀だね。辰が邪魔してきておじゃんって本当みたい」

「待て待て待て待て！　お前、こいつと朱夏の縁結んだんか⁉」

暁は「まさか」と大袈裟に手を横に振った。

「縁は結ばなかったけど、朱夏ちゃんと虎徹君の運が、勝手に二人を引き合わせたんだよ。そこは運を司る神じゃない僕には、どうにもできない」

二人のやりとりを聞きながら、虎徹は落ち着いた様子で首を縦に振った。

「本当に死神やら縁結びの神やらがいるんだな、この世の中には」

「当たり前やろ。俺らがおらな、人間は悲惨なことになってしまうやん」

どうやら虎徹は物わかりがいいらしく、この状況をすっかり受け入れたようだ。

「そうか。これからは神棚をきちんと自分で掃除するとしよう」

「そうしたって。喜ぶ奴いっぱいおるから」

　すると、カエルの鳴き声のような音がリビングに響く。

　一瞬、なにが起こったのかわからず全員が動きを止めた。

「……この空気を読めへんタイミングでの音……朱夏の腹の虫やな？」

　朱夏は「ごめん」と言いながら、気まずさに視線を泳がせた。

「はあー。ほら、家主が腹空（す）かしてるから、お前らさっさと帰れ。夕飯作らんと、朱夏が餓死（がし）する」

　同意するように、またもや腹の音が鳴ってしまい、朱夏は恥ずかしくてクッションに顔をうずめた。帰れ帰れと二人を追い払い始める辰に向かって、暁がパチンと手を打つ。

「一緒にご飯食べようよ！　賑（にぎ）やかで楽しそうじゃない？」

「はあ？　お前いっぺん頭かち割ったろか？　誰がこんな悟りきった仙人みたいなヤクザの親玉と、頭沸いとる縁結びの神なんかと一緒に食うか！　飯まずなるわ！」

　そう言って退室させようとする辰だが、クッションから顔を上げた朱夏の目がキラキラしているのを見つけてしまった。

「……なんやねん朱夏、その顔。まさか、一緒に食いたいとか言わへんよな？」

「大正解！　なんでシンには全部わかっちゃうんだろう」

「あかんて！　追い返すからはよ手伝って！」

ぷりぷり怒る辰とそれをなだめる朱夏。言い争う二人に一石を投じるように、チャリーンと貯金の音が聞こえてくる。

「ほら！　仲良く賑やかにすると、貯金も増えるみたいだよ！　みんなで一緒にご飯食べようよ。ダメ？」

辰がダメだと言う前に、暁が大仰な仕草で両手を広げた。

「朱夏ちゃんの言う通り！　いっぱい人がいる食事って楽しいもんね。よし、じゃあ夕飯は門宮家で決定！」

「おいこら暁。勝手に決めんな」

どつき回すと言われる前に、朱夏が恐る恐る虎徹に向かって口を開いた。

「虎徹さんも、大丈夫なら一緒にお夕食どうですか？」

「……このあと特に予定はないし、この状況をもう少し理解したいのが本音だが」

勝手に話を進められた挙句、みんなで一緒に食べる方向にまとまりつつあって、辰は一人で焦り始める。

しかし時すでに遅し。

朱夏と暁は、早くも夕食のことで盛り上がっている。その状況に、辰はお玉を持ったままぶるぶる震えた。

「――……食うんやったら、手伝えやアホども!!」

結局辰は、とどめの雷を落としながら、みんな一緒の食事を承諾した。

先ほどよりも数倍大きな音を響かせてネギを刻み始めた辰は、あちこちに怒声で指示を飛ばす。

「絶対おかしいやろこれ！」

めちゃくちゃ文句を言いつつ、数分後には食欲をそそる匂いが門宮家に充満し始める。

言われた通りに準備をしながら、朱夏は暁や虎徹の様子を見ていた。暁は気さくな性格のようで、虎徹とも打ち解けている。

初めはいかつい印象だった虎徹だが、取り立てでも難癖をつけに来たわけでもないとわかり恐怖を感じなくなった。

「くっそ。なんで俺がこいつらの分まで飯作らなあかんねん！　残業代むしり取ろ！ついでに賃金マシマシで！　基本給上げてもらわんと割りに合わへん！」

振り回すように中華鍋でネギを炒めている辰に、朱夏は恐る恐る近寄った。

「今まで、みんなでご飯食べることってなかったから、私は賑やかなの楽しみだよ」

「朱夏がよくても俺が嫌やねん！」

「初めてだから嬉しかったのに……。そんなに嫌なら、今からでも帰ってもらう？」

朱夏がしょぼんとすると、辰はしまったという顔になる。

「……まあええわ。そおやったらちゃんと楽しんどけよ」

朱夏のためだと怒りを半分鎮めてくれた辰に、嬉しくてクスッと笑ってしまった。

〈本日の晩ご飯〉
怒りの激辛麻婆豆腐
春雨サラダ
きくらげとニンジンの中華スープ

「いただきます！」

「……はい、どおぞ」

いつもより数倍ムッとしながらも、辰はきちんと全員分の料理を用意してくれた。

机の中央には、大きな深皿に盛られた麻婆豆腐が湯気を立てている。

「絶対美味しいやつじゃん、これ！」

朱夏は目を輝かせながら、つやつやの麻婆豆腐をご飯にたっぷりかけた。とろみのあるそれからは、豚肉とネギ、そしてごま油のいい香りが漂ってくる。

思う存分香りを堪能してから、れんげにちょっとのご飯とたくさんの麻婆豆腐をすくう。プルプル揺れる豆腐を口に運んで、朱夏は眉を寄せた。

「うーん！　おいひ……あつっ、辛い。でもおいひぃ！　辛いのに、めちゃくちゃ美味しい！　ひき肉がジューシーで、お豆腐が喉につるんって入っていくの！」

すぐさまもう一口味わって、朱夏は何度も頷いた。

「ネギ、ネギがいい！　香ばしくて！　タケノコのアクセントがたまんない……！」

「朱夏。火傷するからゆっくり食べ。豆腐やからって、まんま呑み込んだらあかんで、ちゃんと噛みや。あとその顔あかんていつも言ってるやん！」

あついあつい辛い、と口をもぐもぐさせる朱夏に、辰は水の入ったコップを差し出した。

「朱夏ちゃんって本当に美味しそうに食べるんだね。じゃあ僕もいただきます……うん、めっちゃ美味しい！」

暁も熱い熱いと言いながら、口いっぱいに麻婆豆腐をかき込んでいる。辰はそんな暁の前に、唐辛子の瓶をドンとぞんざいに置いた。

「辰が料理上手って話は本当だったんだね！　これは僕もびっくり。虎徹君、どうですかお味は？」

暁が訊ねると、虎徹は目を丸くしながら黙って箸を進めている。

「……美味しいな、これは」

「当たり前やろ。誰が作ってると思ってんねん！」

辰はまだ怒りが収まらない様子だが、自作の麻婆豆腐を口にして納得した顔をする。

結局談笑しながら、賑やかな食卓を囲む夜となった。

お腹いっぱいになったという虎徹と暁を見送ってから、朱夏は食事の後片づけをする。

「――二人とも、またご飯食べに来るって言ってたよ。辰の料理美味しいもんね！」

「二度と来んでええわ。しかも虎徹はヤクザやで？　朱夏の天敵やろが」

しかし虎徹は、もし困ったことがあれば頼っていいと約束してくれたし、暁もそれに太鼓判を押していた。

職業だけで虎徹を怖がってしまったが、そういう肩書きを全部取った一人の人間として、ちゃんと向き合ってみるのも勉強だと朱夏は思い直したのだ。

「楽しかったよ！　一人っ子で両親が忙しかったから、あんまり記憶にないな、誰かと一緒にご飯食べたことって」

ニコニコしながら食器を洗う朱夏を見て、辰はあきらめたように一息つく。

「……まあ、朱夏がそう言うなら、たまにはええわ」

「いいの⁉」

　朱夏がぱあああと顔を輝かせたところで、辰に釘を刺された。

「たーだーし、たまにや、たまに！　一か月に一回や！」

「ええ、ケチ！」

「ケチちゃうわ。あかんあかん、あんなん頻繁に来られたら俺のほうがストレス倍増で、マジでつるんつるんにはげてタコ焼きみたいになってまうわ！」

　辰のあまりにも嫌そうな顔に、朱夏は大笑いしてしまった。

「シン。でもほんとに楽しかったし、美味しかったよ」

「……朱夏が喜ぶなら、また作ったるわ。せっかく一緒におるしな」

　直後、チャリーンとお金の貯まる音がして、二人は顔を見合わせにっこり笑い合ったのだった。

第三章

レシピ10　スペアリブの煮込み

月曜日か、と呟いた辰は珍しく憂鬱そうな顔をしている。その姿が気になって、朱夏は朝食のシャケの塩焼きの骨をがりがり齧ってしまった。

「しゅーかー。骨はダメや。いくら食いしん坊万歳のお前でもな、太いから食えへん。お皿の隅っこに出し」

「違うって、辰が変な顔をしているからびっくりしちゃって」

「変な顔ちゃう、真面目な顔や」

「それが珍しいんだってば」

途端に辰は半眼で朱夏を睨んでから、ふうと息を吐いた。

「シン。具合悪いの？　今日お仕事休んだら？」

「月曜はどーも憂鬱であかんわ。仕事山盛りで会議だらけやし」

辰も大変だなとのんきに考えていた朱夏は、死神の仕事を思い出してぞっとする。

「……死んじゃう人がいっぱいってこと？」

「どうやったって生き物は必ず死ぬもんやで。月曜は番狂わせが多いけどな」

そう言って辰は味噌汁を飲んだ。

「私が早く帰ってきて夕飯を作ろうか？」

それに辰は「大丈夫」と優しい笑顔になった。

「あとな、神様（ボス）との面談もあんねん。というかむしろそっちが憂鬱（ゆううつ）の極みや」

「面と向かって悪口言っちゃダメだからね」

「はいよ。肝に銘じとくわ」

辰はまったく肝に銘じていない顔をしながら食後のコーヒーの準備をし、いい香りが部屋中に広がり始める。

（今私、信じられないくらい幸せだな）

雨風をしのげる家があって、帰ってくると美味（おい）しいご飯が食べられる。ちょっと口やかましいが心優しい死神が出迎えてくれて、朱夏の話を聞いてくれる。

当たり前の生活こそが、もしかしたら極上の幸せなのかもしれない。朱夏はそんなことを考えながら、日の光でキラキラ輝く金髪を眺めた。


出社支度を終えて朱夏が駅へ向かうと、すでにホームは通勤ラッシュで殺気立っている。人々は一心不乱に携帯電話の画面を眺め、憂鬱な顔を隠そうともしない。

耳に届く雑音をシャットアウトするためのイヤホン、無表情の死んだ魚のような目。

改めて周りの様子を見ていると、なんとも言えない気持ちになった。

きっとひと月ちょっと前の自分もあんな感じだったのだろう……いや、もっとひどかったかもしれない。

胸中で反省していると、雑踏の中に妙に気になる人がいた。

ホームの一点を見つめたまま、ピクリとも動かない背の高い男性。暗い影が全身を覆っているのが目に見えるようだ。

——それがいつかの自分の姿と重なる。

朱夏はハッとして、魂がなくなってしまったかのような彼のもとへまっすぐ向かった。

人混みをかき分けて男性に近寄り、ぶらりと垂れ下がった彼の手首をぎゅっと強く掴む。

弾かれたように振り返った青年の目が見知らぬ朱夏を捉えた瞬間、瞳に生気が戻ってきた。

「あっ……俺……」

「君、大丈夫？」

朱夏が訊ねると、大学生風の青年は動揺を露わにした。

「いきなり手を掴んでごめんね。具合が悪いみたいだったから」

「すみません、あの……」

「あっちで少し休もう。来て」

朱夏がホーム脇のベンチを視線で示し軽く手を引っ張ると、硬直していた彼の足がゆっくり動き出す。

座る場所はすでに人で埋まっていたのだが、青年の顔色を見た若い女性が、すぐに席を譲ってくれた。

「ここに座っていてね、お水買ってくるから」

朱夏は急いで近くの自動販売機で水を購入して彼に渡した。電車が来て、人の波が大きく揺れ動く。朱夏は青年の隣に腰を下ろしながらじっと様子を窺った。

（……会社は遅刻だけど、まあいっか）

瞬間、チャリーンと脳内で音が鳴る。その理由はわからなかったが、なんだかホッとすると同時に、ぐっと込み上げてくるものがあった。

「初めて会社を無断遅刻しちゃった。なんか、ドキドキするね」

重たい空気を吹き飛ばそうと、まったく別の話題で同意を求めると、青年は落ち着きを取り戻した様子だった。

泣き笑いのような朱夏の表情に一瞬きょとんとした青年は、力が抜けたように椅子に背を預ける。空気を吸って吐いて、そして困ったような笑顔を朱夏に向けた。

　彼からは、先ほどの色濃い絶望の色は薄れていた。

「——……ありがとうございました」

「ううん、なにもしていないよ。お水買ってきただけ」

　青年は律儀にお辞儀をする。大丈夫そうだなと思えたところで、朱夏は会社に連絡を入れるために携帯電話を取り出した。

「ねえねえ。遅刻の言い訳は、階段で転んだおばあちゃんを病院まで送って行った、で大丈夫かな？　ちょっとベタすぎ？」

「……大丈夫だと思いますよ」

　朱夏の遅刻理由を会社はすんなり受け入れてくれた。

「よかった。主任がどうにかしてくれるって約束してくれたよ」

　電話を切って朱夏が笑顔を見せると、青年もつられたように目じりを下げた。

　朱夏は彼の隣に座ったまま、しばらく電車が何本も通過していくのを眺めた。

　そうして、たくさんの電車が目の前を通り過ぎ、出勤ラッシュが収まった頃、朱夏は口を開いた。

「私ね、借金がヤバくて線路に飛び込もうとしたことがあるんだ……っていうか、実際飛び込んだんだけど」

「え？」

青年は驚いたように朱夏を見つめてくる。

「でも止めてくれた人がいたの。『死んだらあかん〜！』って、鬼みたいな顔で説教されてね。そこで初めて、誰かに助けを求めてもいいんだって気がついたんだ」

朱夏の話に、青年はぎゅっと唇を引き結んだ。

「生きてればいいことはたくさんあって、それと同じくらい嫌なこともあるのが当たり前なんだよね。嫌なことばかり思い出すけど、幸せに気づける自分になるかならないかは、自由だよ。選べるんだよね、人生ってきっと」

そこまで一気に言ってから、朱夏は青年の目をじっと見つめた。

「なんて偉そうなこと言ってるけど、修行中なんだ。借金を返済したら、貯めてたお金がなくなっちゃったから」

「そうだったんですね」

「そうなの。ねえ、よかったら一緒に、毎日起こるいいことを探そうよ」

手を伸ばして握手を求めると、青年は目に溜めた涙を流さないようにしながら、小さく笑って朱夏の手を取った。

弱々しかったがそれはたしかに生きている人の温もりだ。朱夏の気持ちも、手のひらからちゃんと青年に伝わったような気がした。

「もう大丈夫です。ありがとうございます」

「よかった！　じゃあ、いつでも遠慮なく連絡してね」

朱夏は携帯電話の番号をメモに書いて渡すと立ち上がる。

「私の名前は門宮朱夏っていうよ。君は？」

青年は目をこすりながら紙を受け取る。

「松原葵です」

立ち上がって朱夏を見下ろしてくる姿からは、生きる気力が立ち上っている。

「じゃあね葵君。お互い頑張ろう」

葵は何度も力強く頷く。大丈夫、と朱夏は思った。きっとこの子は大丈夫。

なぜかわからないけれどそんな気がして、朱夏は彼に手を振って別れる。

電車が去って行くまで葵は朱夏を見送り、深々と一礼した。

朱夏は電車の窓からその姿が見えなくなるまで手を振ったあと、力が抜けてしまって扉に背を預けた。

自分がしたことは、正しかっただろうか。

おせっかいだったかもしれないし、今は大丈夫でも、この先また彼が思い詰めてしまうかもしれない。

居ても立ってもいられない恐怖が、朱夏にじわじわ忍び寄ってくる。

「……大丈夫。一人じゃないよ」

朱夏は自分を勇気づけるために、小さく声に出して呟いた。

――チャリーン。

音が聞こえてくるなり緊張の糸がプツンと切れた。

それは、朱夏の行いが間違っていなかったのと、彼が二度と命をないがしろにしないということの証明のように思えた。

「うん……ありがとう、ボス神様」

思わず涙が出てしまい、朱夏は慌てて鞄からハンカチを取り出す。

周りに気づかれないように目頭を押さえながら、人の少ない電車内でしばらくそうしていた。


「ただいまー！」

今日のことを早く辰に伝えたくて、朱夏はいい香りが漂ってきているキッチンに迷わず走った。

「シン、聞いて聞いて……、あれ、シン⁉」

エプロンをつけて鍋に向かっている辰がいるのだが、なんだかいつもと様子が違っていた。

「シン、ねえ、シンだよね？」

朱夏は恐る恐る近寄って横から覗き込む。ものすごく不機嫌な顔をした黒髪の辰と目が合った。

「……どうしたの、その髪の毛。真っ黒だけど」

「おかえり。見たらわかるやろ。黒染めや」

「それは言わずもがな……でもどうして？」

「それを聞くか？　聞いたな、よーし、聞いたんなら最後まで聞けよ？」

途端に不穏な空気を纏（まと）い始めた辰に、朱夏は慌てた。

「ちょ、ちょっと……そんな怒らなくても」

目を白黒させている朱夏の前で、辰は怒りでわなわなと震えだす。

菜箸（さいばし）を真っ二つに折りかねない勢いだ。眉間に深いしわを刻んで不機嫌そうに口を開いた。

「抜き打ちの風紀検査やて！　神様（あいつ）、どおやってしばいたろかな⁉　『ブップー死神っぽくないからアウト～』の一瞬で真っ黒！　覚えとけよ、俺のトレードマークやのに！」

カンカンになっている辰に、朱夏はしばらく開いた口が塞がらなくなってしまった。

辰はまだ怒りが収まらないのか、額に青筋を立てて呪詛（じゅそ）を撒き散らしている。しかし煮込んでいる鍋の蓋（ふた）がゴトゴトいうと、とっさに菜箸（さいばし）で確認するという冷静さは残っているようだ。

「あはは、死神っぽくないって……黒髪でもシンは全然死神っぽくないじゃん！」

「朱夏！　手洗いうがい！　締まりのないその口冷水で引き締めてきい！」

そう言ってどつかれるが、朱夏は笑いすぎてしばらく動けなかった。

お腹を抱えながらバスルームに行き、戻ってきてまた辰の黒髪を見るなり朱夏は激しく笑ってしまった。

〈本日の晩ご飯〉
　スペアリブの煮込み～トマト、ブロッコリー、ニンジンを添えて～
　白菜のシーザーサラダ
　トマトの冷製スープ

「いただきます！」

「どーぞ」

未だに不機嫌な辰をよそに、朱夏はてりてりでツヤツヤのスペアリブにかぶりついた。

「――……！　なにこれ、どうしようシン！　めっちゃ美味（おい）しい!!」

朱夏はもぐもぐと咀嚼（そしゃく）しながら、感動して涙が出てきそうになる。

「お肉がすごく柔らかい……ジューシーでこってりなのに、後味がすっきりしててい
くらでも食べられちゃう……！」

「ほんっまに腹立つから仕事ストライキしてきたわ。蜂蜜入れた醤油にたっぷり肉つ
けといたからな。美味（うま）いか？」

「シンやっぱり天才！　明日の朝まで食べていたい！」

朱夏の感想に、辰は噴き出して笑った。

「どっから出てくんねん、そんな感想！」

まだ見慣れない黒髪になった辰の笑う姿に、朱夏は楽しくなってきた。

「朱夏がおったら嫌なことあっても吹っ飛ぶわ。もう神様（ボス）とかどうでもええ」

「私もシンがいてくれるから楽しいし、毎日美味（おい）しいよ！」

そうかいな、と辰は笑いながらスペアリブをガブッと齧（かじ）る。

残念なことに朝まで食べ続けることはできなかったが、お腹が膨れて歩けなくなる
まで食事を楽しんだ。

「あかん、ヤケ食いやんこれ。やっぱ明日、神様（あいつ）どつき回したろ」

「ねぇねぇ、今朝の話聞いてほしいんだけど――」

食べすぎて動けない二人は、ソファでのんびりしながら今日一日の出来事を話し合う。

楽しい会話で夜は更(ふ)けていき、その日も門宮家からはたくさんの笑い声が響いてくるのだった。

レシピ11　海鮮パエリア

その日、朱夏は寝坊をした。前日の夕食を食べすぎたせいらしい。

にもかかわらず、朝食の納豆が美味(おい)しすぎると言ってご飯を二杯も食べ、遅刻しかけていた。

早くするように急(せ)かすと「納豆が美味(おい)しいのが罪」と訳のわからない言い訳をしている。辰は小言とともに家から追い出すように朱夏を出社させた。

「俺はオカンか。まったく」

ぶちぶち文句を言いながら、辰もそろそろ出社しなくてはと準備を始めたところで、二階の窓が開いていることに気がついた。

「朱夏のアホは窓閉め忘れてるやん！」

慌てていたから仕方ないと考え直し、辰は朱夏の部屋に向かった。そして扉を開けたところで、ムッと眉根を寄せた。

「……なんやねんここ！　監獄かよ！」

朱夏の性格からして、メルヘンな家具が揃っているかと思いきや、インテリアはベッドと机、クッションが一つという、殺風景さの目立つ部屋だ。

「もっと色々買うてると思っとった俺がアホやったわ！　お年頃の女子の部屋とちゃうよこれは！」

辰は苦虫を噛み潰したような顔でずかずかと朱夏の部屋に入り、しっかり窓を閉める。

つい文句が口から出そうになったが、机上に数冊置いてあるファッション誌を見つけてそれを呑み込む。

朱夏と出かけた日の帰り、オシャレを勉強すると言っていたのは本当のようだ。彼女なりに努力をしているのだろう。

前日帰宅が遅かったため、洗濯し忘れた衣類がベッドの脇にちょこんと置いてある。辰はむんずとそれらを掴むと洗濯機に放り込んだ。

「ヤバイ。これ以上は、ほんまに死神やなくなってまう……俺もうオカンやんこれ……でもあの部屋、女子力一ミリもないしなぁ。どういうことやねん？」

ぶつぶつ独り言を呟きつつ、辰は洗濯物をきっちり干してから、クローゼットの扉を開けて天国の職場に向かった。

黒くなった髪の毛を朱夏にもらった髪ゴムで括って、辰はデスクの上でため息とともに肘をついた。

「あかん……これじゃはげてまうわ……」

朱夏の女子力をどうしようかと、辰はいらぬおせっかいで頭を悩ませるのであった。

＊

死神に女子力の心配をされているとはつゆ知らず……

明るさとモリモリ食べることがもはや取り柄となりつつある朱夏は、お待ちかねのランチタイムを、同僚たちとおしゃべりしながら過ごすようになっていた。

少し前まではそんな余裕はなかったが、辰が問題を解決してくれたおかげで朱夏は今、普通のＯＬライフを満喫している。

今までできなかったことができるのは素晴らしい。ネイルや美容室、芸能人の話など、女の子たちの話題は尽きることがなかった。

みんなの話を聞いているだけでも、気持ちが華やいで楽しい。

そうして楽しい休み時間が終わり、朱夏は眠気覚ましのコーヒーを淹れるため共用スペースに向かった。すると、ゴミ箱から物が溢れ返っていることに気がつく。

「うわぁ！　すごいことになってる！」

あたりを見回してみると、流し台の三角コーナーもいっぱいだ。

「あー、これはひどい」

朱夏はパパッと片づけを済ませ、会社の外にある廃棄場所まで袋を捨てに行った。

——チャリーン！

ふうと額を伝う汗をぬぐっていると、貯金音が気持ちよく頭の中に響き渡る。

嬉しくてスキップしそうになるのを堪え、フロアに戻り手を洗っていると隣に人影が現れた。

「もしかして、門宮さんがゴミを捨ててきてくれたの？」

声をかけてきたのは、朱夏の所属している経理課の二ノ宮主任だ。

「はい、いつも使わせてもらってるので」

「助かるよ。ありがとう」

にこっと爽やかに笑う主任はかっこいい。年下にもさらりとお礼が言えるのは、とても素敵だ。

「門宮さん、少し前まではやつれていたけど……今は大丈夫そうだね」

「え⁉　ああ……はい、おかげさまで」

「よかった。声をかけても『大丈夫』の一点張りだったからさ。なにかあるなら遠慮せずに言ってね。じゃないと、人の心だって溢れちゃうからね」

その言葉に驚いて、朱夏はぽかんとしてしまった。

二ノ宮主任から声をかけられた記憶もなければ、心配されていたことにもまったく気がついていなかった。

それほど朱夏の心に余裕がなかったのだろう。

自分をここまで見事に回復させてくれた辰と、近くで心配してくれていた二ノ宮主任に、感謝の気持ちが湧き上がってくる。

「主任、ありがとうございます。もし次回なにかあれば、相談させてください」

二ノ宮主任は再度にこりと笑うと、冷たいコーヒーを自分のカップに注いでデスクに戻っていく。

(いっぱい心配してもらってたんだ。その気持ちを大事にできるようになりたいな)

チャリーンの音を聞いて、今ある命を噛みしめた。机に戻って背もたれに寄りかかると、朱夏はうーんと伸びをする。

「あー、今日の晩ご飯なんだろう」

思わず口をついて出た独り言に、お昼ご飯を食べたばかりだというツッコミが隣の席から飛んできた。朱夏は「たしかに！」と笑ってしまう。

「門宮さんって、食いしん坊だよね」

「うん。一緒に住んでいる人が、美味しい料理を作ってくれるから」

「彼氏？」

「えっと……彼氏？　ではない気がする……」

沈んでいた朱夏がものの見事に回復したのを知る周りからは「彼氏でしょー？」と笑われてしまう。

やんややんやと茶化されるが、朱夏は苦笑いして首をかしげるばかりだ。

（シンは彼氏じゃないんだけど。でも、来てくれた死神が、シンでよかった……）

おせっかいで口が悪いが、辰が全身全霊で朱夏に向き合ってくれるから毎日楽しい。

今まで気がつかなかったことに気づける余裕も、生きていることへの感謝もできる。

苦しいくらいの感情が胸の内に込み上げてきたあと、朱夏はあることを思い出した。

（……そうだ。家族にも全然連絡してないや）

三時の休憩時間に、朱夏は久しぶりに両親にメールを送った。

自分が元気で暮らしていることや、新居に引っ越ししたこと……

辰の存在も言おうか迷ったが、ひとまずそのことはまだ伏せておくことにした。

すると五分も待たずに母から返事がきて、週末に電話をすることがトントン拍子で決まっていく。

自分を心配している両親の姿が目に浮かんだ。

それまでもずっとメールは来ていたのに、忙しいからの一点張りで適当に返事をしていたことを反省した。

（いっぱい心配かけたよね……ごめんね、お父さん、お母さん）

電話では、とびっきり元気な声を聞かせようと決めた。

（ありがとう。私は今、一生懸命生きてるよ）

にこっと笑ってから携帯電話をしまい、仕事に戻ろうと立ち上がったところで思い出す。

「あっ……洗濯するの忘れてた……」

明日会社に着ていくブラウスがないと気づいたが、時すでに遅し。

まずは帰ってからどうするか決めようと、残りの仕事に取りかかった。


帰宅した朱夏は、キッチンを素通りしバスルームへ直行した。おかえりの「おか」まで言いかけていた辰が、驚いた声を上げる。

「……朱夏がこっち来ぉへんなんて、真夏に雪でも降るんちゃうか⁉」

あまりの珍事にバスルームまで見にきた辰と、慌てて廊下に出てきた朱夏が正面衝突した。

「わ、朱夏。家の中で走ったらあかんで！」

「ごめんシン！　っていうかそれより洗濯！」

「干したよ」

「え、干したよ？」

辰にデコピンされて、朱夏は痛みに両目をつぶった。

「なにが干しシイタケや。耳までギョーザになったんか。洗濯終わってんで、制服のブラウスないと困るやろ」

「えー！」

「えーってなんやその反応は？」

「だって、恥ずかしいじゃん！　まさか、下着も……？」

「当たり前や」

辰の返答を聞くなり、朱夏は顔が熱くなってくる。いったん落ち着こうと、大きく息を吸って吐いてを繰り返す。そんな朱夏を見た辰がケラケラ笑った。

「アホやなあ、今さら。言っとくけどな、朱夏の恥ずかしいとこなんかこれでもかっちゅうぐらい、すでにいっぱい見てんねん」

「――っ！」

朱夏の顔から、今度は血の気が引いていく。無意識に辰から後ずさった。

「覚えてないんやったら一つ一つ言うたろか？　せやなあ、泣きわめいて抱きついてきたまま……」

「わーわーわー！　いい、言わなくていい！　覚えてる！　着替えてくるからご飯準備してて！」

駆け出して部屋に戻ろうとすると、辰の意地悪な声が追いかけてきた。

「もおちょい色気のある下着のほうがええんちゃう？」

悲鳴に近い声で「うるさい！」と返すと、朱夏は急いで部屋の扉を閉める。

「どうしよ！　もう恥ずかしくて生きていけない！」

しかし、熱くなった頬を両手で押さえながら疑問が湧いてくる。

「シンは家族みたいな感じだし、もういっぱい迷惑かけてるし。たしかに、今さら恥ずかしがることじゃないよね……」

それでもなんだかやっぱり胸がソワソワする。同僚にシンのことを彼氏とからかわれたせいだと朱夏は結論づけた。

「あー……お腹空いたな」

階下からいい香りがしてきていた。ハスキーボイスに名前を呼ばれて、朱夏は急いで着替えると階段を下りた。

〈本日の晩ご飯〉
海鮮パエリア
セビーチェ
ポテトのポタージュ

「いただきます！」

「どおぞ」

大きなフライパンで作ったパエリアは、蓋を開けた瞬間、一瞬視界が靄に包まれるようなほくほくの湯気を放つ。

サフランで色づけした黄金色に艶めくご飯の上には、海鮮がたっぷり載せられていた。

「絶対美味しいに決まってるじゃん！」

「まあ一口食べてみぃや」

そう言って、辰が取り皿にきれいに盛り付けて朱夏に渡す。キラキラ輝いて見えるパエリアをスプーンにこんもりと載せて、大きく口を開けた。

「――んふふふふ……おいひ……」

ほどよい硬さのお米に、海鮮と野菜の凝縮されたうまみがこれでもかというほどしみ込んでいる。口の中に広がるうまみいっぱいのご飯が、お腹を満たしていった。

「ホント美味しい……魚介のだしがご飯にしっかりしみわたってる……ふふふふ」

ニヤニヤしながら口を動かしていると、それがどうやら面白かったらしく辰は食事どころではなくなって笑い転げてしまった。

「しゅーかー。その顔はほんまにあかんよ。ほんまにヤバイ」

「いいの、美味しいんだから。シンしか見ないんだし、いいじゃん」

朱夏はパエリアを食べながら、感激が止まらなくなっていた。

「そうだ、休憩時間に久しぶりに家族に連絡してみたの！　週末にゆっくり電話しようってことになったんだ」

「ええやん。心配してるんちゃう？」

朱夏は頷く。

「いろんな人に心配されていたみたい。今日やっと、そのことに気づけたよ」

それができたのは、辰のおかげだ。

信じられないくらい美味しいパエリアを食べながら、朱夏のお腹も心も幸せで満たされていく。

週末の電話が楽しみでしょうがない。なにを話そうかと、今から朱夏はワクワクが止まらないのだった。

レシピ12　自家製レモネード

朱夏が自殺をやめたことにちなんで、毎月同じ日を記念日にしようと、辰が言い出したのは八月上旬のことだ。

ニヤニヤ意地の悪い顔をしている辰に向かって抗議するが、朱夏が舌戦で彼に勝てるはずもない。

「おー朱夏、今日は死なへんかった記念日やで」

「なにその雑なネーミング！　でも、もうそんなに経つんだ」

カレンダーの前に立って、二か月も辰と毎日一緒に過ごしているのだと理解し、時の流れの早さにびっくりする。

「文句あるんやったら、生き延びた記念日にしよか？」

「もー。どうしてそう蒸し返すの……忘れたいのに」

「アホやなぁ。忘れたらあかんやん、生きようと思えた日やろ」

言われて朱夏はたしかにと重たく頷いた。

深い絶望の淵にいた朱夏をこの世に引っ張り上げてくれた青年は、あの時と変わらない笑顔を向けてくれる。いつだって温かい優しさで朱夏を包み込んでくれていた。

「じゃあさ、シンと出会えた記念日にしよう。ね、いいでしょ？」

「はあ？」

「シンと私のお付き合いが始まった記念日ね！」

「あ、ちょお待ち……！」

なにかを言いかけた辰を無視し、朱夏は壁に貼ってあるカレンダーに二人の記念日をでかでかと記入した。

「……シン……。書いてから言うのもあれなんだけど、なんかこれだと、恋人っぽく見えるというか……」

「待って言うたやん。なんやその顔……おもろいし写真に残したろか？」

嫌だよ、と朱夏は口をへの字に曲げた。

「会社でもみんなにシンの話をすると、彼氏だって騒がれて困ってるんだった。ねえ、シンのことは、なんて紹介するのがいいかな？」

辰は未だに黒いままの髪の毛を掻き上げた。

「勘違いさせといたらええやん。商店街のおばちゃんらもそう思ってんのやから、いっそ彼氏のほうが都合ええわ」

「でも彼氏とか彼女とかよくわからないし。それにシンは、彼氏というか関西のおばちゃんみたいっていうか……ああごめんってばそんな顔しないでよ」

「そんなに俺と付き合ってるって設定が嫌なんやな？　そうかそうか、そうやったんか……悪かったのぉ——晩飯抜きや」

意地悪な顔をされてしまい、朱夏は慌てた。

「わ、わ、待って嫌じゃない！　全然嫌じゃない！　むしろ大歓迎！　シンかっこいいみたいだし、お料理上手だし、ご飯美味しいし、お弁当も美味しい！」

「全部、料理のことやんか！　……まあ、この際やし、ほんまに付き合っとくか？」

朱夏の頬を辰の両手が包み込む。ずずいと顔を近づけられて、朱夏は三秒遅れて思い切り辰を突き飛ばした。

「じゅ、準備しないと、会社遅れる！」

朱夏は熱くなった顔を腕で隠しながら、キッチンを出た。

部屋に戻った朱夏は、未だに火照ったままの頬を両手でパンパンと叩いた。

「——……びっくりした。急にあんなこと言うんだもん。付き合うってなんだろう……どんな感じなんだろ」

会社の女子社員たちは、彼氏や合コンの話題に花を咲かせていることも多い。朱夏には、そんなお年頃な彼女たちの姿がキラキラ輝いて見える。

当たり前に人生が充実していて、他の人にまで時間と気持ちを割ける余裕があるのだろう。羨ましいと思う反面、そこまでの余裕も経験も自分にはないと自覚している。

（それに、辰とは今のままがいいな……）

付き合ったことで、イライラしたりモヤモヤしたりするのはごめんだ。

まして、それが引き金となって辰と離れたりするほうがつらい。

だったら、今のままで十分だ。これ以上の幸せな毎日はないと思えるくらい、満たされているのだから。

「よし、今日も一日一善！　頑張るぞ！」

気を取り直して朱夏は出勤した。しかし――

「――え？　今、なんて？」

「やだなあ、昨日の終礼で言ってたじゃん。今日は電気回線の大掛かりな修理があるから、十四時終業だって」

「終礼なんて、全然聞いてなかった……晩ご飯のこと考えてたから」

朱夏の言葉に、同僚はクスクス笑った。

「よっぽど彼氏が作ってくれる手料理が楽しみなんだね」

「彼氏じゃなくてただの同居人で……」

「ただの？　ただの、同居人？」

妙に強調しながら迫ってくるので、朱夏はぐっと言葉を呑み込んだ。

「ただの同居人ねー。ふーん、そっかー。で、本当に一緒に住んでいてなにもないの？」

「なにもって、なにがあるの？」

目をキラキラさせていた彼女は、朱夏の反応に肩を落とした。

「本当にただの同居人っぽそうね」

「だって一緒に住んでいるだけだから」

その時、朱夏はピンとひらめくものがあった。

「家賃を払ってもらって、一緒に住んでるの。お料理も作ってくれるから、とっても助かっているし、部屋を余らせておくのはもったいないから」

「ああ、ルームシェアみたいな感じ？」

納得した表情になった同僚に、朱夏は胸を撫で下ろす。

きっと数日後には、朱夏の同居人は彼氏ではないという噂がフロアに広まることだろう。

これで彼氏だなんだと騒がれなくて済むと思うと、心の底から安心した。あんまりそういうのは考えたくなかったからだ。

（大事なんだよね、シンのこと）

今のまま、ずっと同居人のおせっかいな小姑で、優しい辰でいてくれればそれが一番幸せだった。

十四時で終業になってしまったため、朱夏は空いている電車に乗って帰途に就いた。辰に連絡をしようにも、彼が携帯電話を持っているのかどうかさえ知らない。

そこで朱夏はハッとした。

「あ……というか、家の鍵！」

基本的にいつも朱夏のほうが早く出社し、辰が先に帰ってくるという日々の流れが出来上がっていた。それもあって、よっぽどの事情がない限り、朱夏は家の鍵を持って出勤しない。

辰の帰宅は十七時過ぎのため、まだまだたっぷり時間がある。連絡も取れないのでどうするか考えていたところ、道の横から一瞬クラクションと気づかないほど優美な音が鳴った。

そちらに顔を向けると、黒塗りの高級車が朱夏の近くでハザードランプを点滅させて停まる。

なんだか物騒な雰囲気を感じて朱夏が固まっていると、運転席のスモークガラスが開いた。左ハンドルの座席から顔を出したのは、見覚えのある顔だった。

「……虎徹さん？」

どこぞの外国人セレブかと思うサングラスを下げると、上目遣いの視線が朱夏に向けられた。

「門宮さん。どうしたんだ、こんな時間に」

「今日、会社が半休だったのを知らなくて……」

虎徹がサイドミラーに視線を移し、後続車をチェックする。こんなに大きくて、いかにもな黒塗りの車を追い越せず、道が渋滞しかけていた。

「送って行こう。横に乗って」

「いいんですか⁉　ありがとうございます」

朱夏はガードレールの隙間から車道に出て、助手席に乗り込んだ。

革張りの座席の心地好さにびっくりしていると、虎徹がサングラスをかけ直す。

「シートベルトを忘れずに」

「あ、はい！」

言われた通りシートベルトを引っ張って装着すると、虎徹はゆっくり車を動かした。

「虎徹さん、お忙しいんじゃないですか？」

「大丈夫。俺も用事が済んだところだったから。ちなみに道は、この先を左で合ってる？」

「はい、そうです」

てっきり専属の運転手がいるものだと思っていた朱夏は、虎徹の運転する姿が珍しくてまじまじと眺めてしまった。

「……俺の顔に、なにかついてる？」

「そういうんじゃないですけど……運転はお好きなんですか？」

「そうだけど、俺が公共交通機関を利用すると、けっこう怖がられてしまって」

苦笑して肩をすくめた虎徹に、朱夏はなるほどと思い切り頷いてしまった。

「君も最初は、俺のこと怖がっていたしね」

「それは、取り立てに来たかと思ったからです。周囲を怖がらせないように車で移動しているなんて、虎徹さんは優しいですね」

「そうでもないさ」

しかし朱夏は、虎徹が悪い人ではないのを知っている。

そんな話をしているうちに、あっという間に我が家に到着した。

「辰さんは、もう帰宅しているのか？」

「わからないです。いつも私のほうが遅いので……」

期待半分で玄関のドアを引っ張ってみたが、ピクリとも動かない。辰が帰宅するまでの時間をどうしたものかと途方に暮れそうになっていると、虎徹が車から降りてきて朱夏の隣に並ぶ。

「辰さんはまだ帰宅していないみたいだな。なら、暇潰しにお茶でも行こうか」

嬉しい申し出に朱夏は虎徹を見上げた。

「ご迷惑じゃないですか？」

「もう仕事は終わっているから。暑いし、冷たいものを飲みに行こう」

朱夏は「はい」と返事をして、再度虎徹の車に乗り込んだ。

（虎徹さんが行くようなお店って、一体どんな場所なんだろう？）

どういったところで休憩するのだろうとソワソワしていると、虎徹の行きつけだという見るからに高級そうな喫茶店に連れて行ってくれた。

「ここですか⁉」

朱夏は外観を視界に入れるなり、踵を返しそうになった。地味な通勤服では入るのを躊躇いたくなるような、洗練されたアンティーク調のお店だ。

「入らないのか？　中は涼しいけれど」

「えーっと。こんなオシャレなところに来たことがなくて。めちゃくちゃ気が引けてます」

素直に感想を伝えると、虎徹はクスクス笑い始める。厳しそうな表情しか見たことがなかったため、虎徹の優しい笑顔のギャップに驚いた。

「大丈夫。俺だっていつもこんな格好だ」

「どう見たって、高級スーツのようですが」

「いい物を着ているように思わせるのが上手いんだよ」

さあ行こうとエスコートされてしまい、朱夏は緊張しながら喫茶店に入る。

店員に虎徹が目配せをすると、半個室になっているレトロな席へ通された。

窓には厚い色付きのガラスがはめられており、傘をかぶったオレンジ色の照明が印象的だ。

「ここは、自家製のレモネードが美味しい。レモンが嫌いじゃなければ」

「それにします！」

「ニューヨークチーズケーキも、ブラックペッパーが入っていて美味しいよ」

「ペッパー……胡椒が入っているんですか？　食べたことないです。……美味しそう！」

自家製、という回避不可の単語に朱夏がルンルンで待っていると、ほどなくして泡を走らせた淡い黄金色の飲み物が出てきた。


〈本日のお飲物〉

自家製レモネード～ミントを添えて～

スパイシーニューヨークチーズケーキ～黒胡椒入り～

まず朱夏が手を伸ばしたのは自家製のレモネードだ。

グラスの下からシュワシュワと気泡が弾け、見た目にも美しいレモンの輪切りが目を喜ばせてくれる。

「召し上がれ」

「いただきます！」

下に沈んだシロップを、ストローでよくかき混ぜてから一口含む。

喉の中を弾けて流れる炭酸を、朱夏は思わずごくごく飲んでしまった。

「……すごい！　めちゃめちゃ美味しいです！」

頬に手を当てたまま感激している朱夏に、虎徹は「ケーキも美味しいよ」と頬杖をついて微笑む。

「絶対美味しいに決まってます。虎徹さんが太鼓判を押すなら」

さっそく胡椒が入ったチーズケーキにフォークを入れると、滑らかに進んで底のタルト生地でいったん止まる。サクッときれいに割れたところで、すくいとって食べた。

「なにこれすごい美味しい！　上の部分はくちどけ滑らかなのに、下のタルト生地がちょうどいい硬さで……あ、今胡椒がピリッてきました。大人な味ですね！」

口の中をほどよく刺激する黒胡椒と、チーズの相性の良さに朱夏は目をまん丸くする。

　朱夏の百面相に虎徹はクスクス笑う。

「ワインとかシャンパンにも合うよ。気に入ってくれたみたいでよかった」

「お酒は飲めないんですが、このケーキはホールで食べたいくらいです」

「お土産に買って帰る？」

　朱夏は真剣に何度も頷く。

　こんなに美味しいものを独り占めするのはもったいない。辰にも絶対に食べてもらいたかった。

＊

「おーい、辰！」

　天国の中でも猛烈に忙しい課である死神フロアに、のんきな様子で現れたのは縁結びの神である暁だ。

　暁は金色の頭を捜してしばらくきょろきょろしていたが、辰が黒髪にされていたのを思い出して大声で呼んだ。

　すると「うるさいねん！」というハスキーな怒声が辰のデスクから聞こえてくる。

暁はスキップする勢いで辰の隣の椅子に座った。

「忙しいねんて、あのくそ神様また雑務押し付けやがった！　用事はその辺にメモ貼って置いといて！　見るか見ぃひんかは俺が決めるけどな！」

「いいよー。〈朱夏ちゃんと虎徹君が喫茶店でデートしてる〉ってメモ書いて置いておくからねー！」

「あーもーわかったわかかっ……は？　暁、もういっぺん言うてみい？」

辰は椅子を後ろにふっ飛ばすようにして立ち上がる。

「だから、二人がデートしてるよ。メモ置いといたからね、よろしく～」

ニヤニヤしながら去ろうとする暁を、恐ろしい顔をした辰が追いかける。

「おいこら暁！　なんやねんそれ、嘘やったら尻の毛までむしったるわ！」

「本当本当。ほら、確認して」

暁が出した端末には、朱夏がケーキを食べながら満足そうな顔をしているのが映っていた。その正面には虎徹が座っており、二人で談笑している。

「はあ？　なんでや。あいつ、仕事は？」

「今日は会社が半休だったみたいよ。確認し忘れていたんだって」

暁が言い終わらないうちに、辰はものすごい形相で机に戻る。

直帰のボタンをぞんざいに指で叩きつけ、ボードにも同じように書きなぐった。

お飾りの係長が帰らないでと目で訴えているのを、辰は不機嫌な一瞥(いちべつ)で跳ねのける。

「――帰るわ。お疲れさんでした」

スタスタとフロアを出ていく辰の後ろを、暁がくっついてきた。

「じゃあ僕も直帰する」

「お前は仕事せぇ、仕事！　ただでさえ暇そうやし同じ空気吸うてるだけで腹立つから、馬車馬のように働け！」

「辰、今日の晩ご飯なに？」

「お前に食わせる飯はない！」

廊下で怒鳴り散らした声は、壁があるにもかかわらずフロア中に響くほどだ。だがしかし、暁はニコニコしたまま引き下がろうとしない。

「僕はもう辰の作った夕飯を食べるって決めたもんね。朱夏ちゃんたちのデート情報をわざわざ教えてあげたのに、追い返そうだなんて、そんなことしていいの？」

胸倉を掴もうとした辰の手をひらりとかわし、暁は両手のひらに二本の糸を出現させる。一本は朱夏の糸、もう一本は虎徹の糸だ。

「あーかーん！　んなことしてみ、お前が死んだ時首狩り鎌持って迎えいって地獄送りにしたるわ！」

「結ばないから、ご飯ごちそうさま」

辰は暁の邪気のない笑顔に肩の力が抜けた。

「もうええわ、好きにしぃ」

わーいという声とともに、直帰を決め込んだ暁がついてくる。非常扉を開けて、二人はすぐさま朱夏の家に戻った。

「まさか辰、朱夏ちゃんを迎えに行くの？　デートを邪魔する男は嫌われ――」

「うるさいわ！」

かぶせ気味に怒鳴ってから、辰はわしゃわしゃ髪を掻き回した。暁は辰のなんとも言えない表情に微笑みながら、一緒に玄関から外へ出た。

レシピ13　手作り餃子

朱夏は、美味(おい)しすぎるレモネードを名残(なごり)惜しく思いながら飲み干した。

「うちの庭に小さいプランターを置いて、ミニトマトを育ててるんです。レモネードにミントが入っているのがすごく美味(おい)しかったので、ミントも追加してみようかな」

「家庭菜園？」

朝の水まきを朱夏が担当していて、毎日観察のために写真を撮っている。

その写真を見せると、虎徹は心なしか表情を明るくした。虎徹はとても聞き上手で、ついつい楽しくなって話が弾み、ずいぶん話し込んでいたらしい。

ふと壁に掛けられている時計を見た朱夏は「え⁉」と声を上げた。気がつけば、二時間近くも経っている。

もうすぐ辰が帰ってくる時間だとソワソワし始めたところで、虎徹がそろそろ行こうか、と席を立ち朱夏を促した。

「俺が誘ったから、ごちそうするよ」

レジカウンターで財布を取り出すと、しまうように手で制される。

「この間、麻婆豆腐をいただいたからね」

「あれは、シンが作ったので」

「そうだ、辰さんにお土産買うんだったっけ？」

「あ！　そうでした！」

虎徹は店員に、ケースの中に鎮座するチーズケーキを頼む。お土産は自分で買いたいと伝えると、虎徹は頷いてくれた。

「シンも絶対このケーキを喜んでくれるはずです。素敵なお店を教えてくれてありがとうございます」

「とんでもない。俺も話ができて楽しかったよ。じゃあ帰ろうか」

近くに停めた虎徹の車に戻ろうと歩き始めたところで、「おーい！」と声をかけられた。

「あ、あれ……シン？　と、暁さん？」

黒のキャップを目深にかぶり、スキニーパンツにワイドTシャツの黒づくめ姿で現れたのは、紛れもなく辰だ。

彼の横でチェックのシャツを爽（さわ）やかに着こなした暁が、弾けるような笑顔でこちらに手を振っている。

朱夏はぽかんとしながら、二人に手を振り返す。近づいてきた辰は、不機嫌丸出しの顔をして朱夏の頭にトン、とこぶしを置いた。

「あのなあ。早帰りやったら、今度から連絡しいや」

「だってシンの連絡先も、連絡方法も知らないよ」

「出会ってすぐに言うたやん！　もういっぺん教えるから、しっかり携帯電話に登録しておき！」

口を曲げる辰の後ろから、暁がひょっこり顔を出す。

「辰ってば、朱夏ちゃんが心配で直帰してきちゃったんだよ」

「ええ本当に!?　ごめんね。お仕事大丈夫だったの？」

辰は眉毛を上げて「まあな」と言ってから、帰るぞと手を引こうとする。朱夏は慌てて辰を止めた。

「待って待って。虎徹さんにごちそうになったの。ここまで送ってもらったし」

辰はくるんと振り返って虎徹に会釈する。

「それは、お世話になりま――」

「虎徹君も、門宮家で一緒に夕飯いかがですか？　僕、今日はごちそうになるんです」

辰のお礼の文言を、暁が素早く遮った。

「今晩は手作り餃子なんだって。みんなで作ったら楽しいし、美味しいよね！」

暁がにこやかに話した瞬間、辰が彼の肩に腕をのせた。

「暁。お前その口すこーし閉じててくれへん？　できへんねんやったらホチキスで閉じたろか？　今すぐに！」

辰は暁を強制送還させようとしているのか、肩を組む腕に力が入っている。しかし朱夏は暁が口にした『手作り』という言葉に、飛びついてしまった。

「餃子⁉　暁さん、今手作りって言いました？　食べたいです‼」

朱夏の目がキラキラし始めたのを見た辰が、途端にあちゃーと唇を噛んだ。

苦虫を噛み潰したような顔の辰に気づかず、朱夏は虎徹に向き直ると一緒にいかがですかと夕飯に誘う。

「しかし、餃子は作ったことないんだが……」

虎徹は神妙な面持ちだが、まんざらでもない様子だ。

「大丈夫ですよ、虎徹さん。シンが教えてくれるし……ね？」

朱夏に思い切り笑顔で振り向かれてしまった辰は、複雑怪奇な顔をしたあとに、暁の首を腕できゅっと絞めながら渋々頷いた。

「ならお二人も車に乗って。送って行こう」

「暁、お前あとで覚えとけよ。虎徹の隣さっさと座れ」

辰はぶつくさ文句を言って暁を放り出すと、後ろの席に朱夏と乗り込んだ。

「朱夏、なんか買うたん？」

車を発車した後に、辰は朱夏が持っている紙の箱に気がついた。朱夏は箱を抱えてニヤニヤする。

「ふふーん。シンへのお土産に、チーズケーキを買いました。すごく美味しかったんだよ。ちょうど四つ買ったからみんなで食べようよ」

朱夏の頬に辰の人差し指がぷすりと刺さる。朱夏がきょとんとするのと、チャリーンとお金の貯まる音が聞こえたのは同時だった。

「……シンへの感謝の気持ちを形にしたんだけど……これも、貯金できるの？」

「せやな。ええことやで」

朱夏が頷いていると、辰に頭をわしゃわしゃ撫でられた。見ると、不機嫌だったのが嘘のように、優しい笑みを浮かべている。

喜んでくれているのだと嬉しく思っているうちに、家に到着した。

四人分を作るには材料不足だというので、辰は暁に買い物を頼み、今ある材料で先に餃子を作る準備を始めた。

虎徹はキッチンの椅子に座らされ、朱夏は作った餃子を入れておく皿と、ノリ代わりの水を用意する。

辰は手際よく材料を刻んで、あっという間に餃子の具を作ってしまった。

「よーし、虎徹は初めてやんな？　朱夏も……ほぼ初めてやんな？　ほな見とき」

辰は手のひらに餃子の皮を載せると、そこにスプーンですくいとった具を置き見事なひだを作っていく。

「無理やったらひだなしでもええで。ポイントは、中身を欲張りすぎんことやな。わかったか、トンデモ食いしん坊？」

含みのある目線を投げかけられた朱夏は、ギクッと肩を震わせた。

「具材入れすぎて皮をぼろっぼろにしたのは、どこの朱夏やったっけなあ……そんなら二人で作っといて。暁のアホが帰ってきたらまた追加するで」

任された朱夏と虎徹は、見よう見まねでギョーザを作っていく。

虎徹は初めてとは思えないくらいきれいに包んで辰を驚かせ、朱夏はまたもや具を詰めすぎてあきれられた。

そのあと、買い物から帰ってきた暁もギョーザ作りに加わった。暁は、最初から器用なことは無理と宣言して、ひだなしをてきぱき作っていく。

お腹が空いて腹の虫が悲鳴を上げ始める頃には、お皿から溢れんばかりの大量の餃子が出来上がった。副菜を作り終わった辰が、それらを焼く準備を始める。

虎徹と暁にテーブルの準備を任せると、朱夏はフライパンを熱し始めた辰の横に立つ。

「シン、楽しみだね。みんなで食べる手作り餃子。絶対美味しいよね」

「そやな。絶品餃子焼いたるから、もうちょい待ってて」

「うん！」

ほどなくして門宮家に、ごま油と餃子の焼けるいい香りが漂ってきた。

〈本日の晩ご飯〉
手作り餃子
トマトとキュウリのごま和え
卵ともやしのスープ

「いただきます！」

「どおぞ」

表面をパリパリに焼いた餃子が、目の前でジューシーな香りをまき散らしている。

大皿から一つ取って、醤油と酢を合わせたタレにくぐらせてから、がぶりと一口齧りつく……。

「うーん！　美味しい！　やばいなにこれ、超ジューシー……パリッパリの後に、肉汁がじゅわーって攻めてくるよ！　舌が肉汁で溺れそう」

朱夏はあまりの美味しさにぎゅっと眉根を寄せた。

「朱夏ちゃんに同感！　うーん、めっちゃ美味しい！」

暁は早くも二つ目をもぐもぐし、虎徹も口に入れるなり大きく頷いた。

みんなで食べるご飯は楽しくて美味しさ倍増だ。辰は餃子を割って冷ましてから食べ始める。

「よおできたわ。どっかの食いしん坊な誰かさんの、具詰め込み破れ餃子以外は、二人とも器用に作ったな」

「……だっていっぱい食べたかったんだもん」

ぶすっと口を尖らせた朱夏の額に、辰が軽くデコピンをしてくる。

「こんだけ作ってるんやから、いっぱい食えるってわかるやろ。肉詰め込まんでもええ言うたやん」

辰は、具を入れすぎて皮が破けてしまった餃子を箸（はし）でつまみ上げ、朱夏に見せてくる。

朱夏は原型のないそれから目を逸らし、しれっと虎徹作の餃子に箸（はし）を伸ばした。

「こっちも食べんかい！」

問答無用で、辰が朱夏の皿に破けた餃子をどかどか載せてきた。

余ったら冷凍しようと思っていた辰の思惑は外れ、気がつけば百個以上作った餃子をすべて四人で平らげてしまっていた。

「それじゃあ、僕たち帰るね～。虎徹君じゃあね。辰もまた明日～」

「黙らっしゃい！　お前の面（つら）なんぞ明日も明後日（あさって）も見たないわ！」

憎まれ口を叩きながら、辰は片づけを手伝ってくれた二人を律儀に見送った。

「あ～やっと帰ったわ、うるさいの。今日の仕事は終わり」

朱夏が食べすぎてソファでぐずぐずしてると、背もたれの後ろから辰に頬をつままれた。

「あんなに食べたら、しばらく動かれへんやろ？」

「無理、もうほんとに食べられない。シメのチーズケーキで満杯」

「だから食べんでええやろ！」

食べ疲れという幸せな状態に満足している朱夏を見て、辰がクスクス笑う。

「ねえ、あのチーズケーキ美味しかったでしょ？」

「ほんまにあれは驚いた。よおあんなもん考えたな」

まるで自分が褒められているように感じて、朱夏は得意げに頷く。

「シン、いつもたくさん私のことを気にかけてくれて、ありがとう」

改まってちゃんとお礼を言っていなかったよなと思っていると、チャリーンと小気味いい音が響く。

音の余韻が消えたあと、辰は少し困ったような顔をして朱夏の隣に腰を下ろした。

「朱夏……もしかして、今まで俺に感謝してへんかったんか？」

「え、めっちゃしてるよ！　でも口にしてなかった……かな？」

辰が眉根を寄せてうろんな目つきになったところで、朱夏は慌てて姿勢を正す。

「やだやだ、ほんとに感謝してるってば！　ありがとう！」

――チャリーン。

再度聞こえてくる音に、二人は顔を見合わせた。

「なんか変やな？」

朱夏はもう一度口を開いて、「ありがとう」と大きい声で言ってみる。すると、チャリーンと聞こえてきた。

「……なんや、これ？」

「どういうことだろ？　シンにありがとうを言うたびに音が鳴る仕組み？」

会話しているそばから貯金音が聞こえてくる。

試しに朱夏がありがとうを三回連続で言うと、チャリーンチャリーンチャリーンと三回鳴った。

「はあ？　故障か？　それか感謝してへんかった──」

「めっちゃしてるってば！　ありがとうありがとうありがとうありがとう！」

途端、まるで福引きの金を鳴らされたように、音が鳴り響いた。

二人して噴き出してしまい、けらけら笑ったあとに朱夏がもう一度試すとまた音が鳴る。

「壊れたか……いや、ちゃうな。まさか、神様（ボス）が面白がって……！」

辰がハッとすると同時に、ピンポーンと正解を告げる間の抜けた音が響いた。

ソファから立ち上がった辰は、「もおあかん、とっちめてやる！」と唸（うな）る。

一瞬でスーツ姿に戻って天国に向かおうとしたので、朱夏は慌てて服を引っ張って止めた。

「待って待って、別にいいじゃん。悪いことしているわけじゃないんだし」

「アホか！　俺の預金から、朱夏のほうに流れてんねんで、これ！」

「え⁉」

辰が朱夏の通帳を取り出すと、そこには辰から振り込まれる形で『ありがとう募金』が通帳数ページにわたたって記帳されている。

「うわあ……百円がいっぱい……」

「くっそ。俺が今日早退したことへの嫌がらせやな！　デスクにめちゃくそ仕事押し付けられてんでこれ！」

「待って、じゃあシンが私に『ありがとう』って言ったら、戻るんじゃゃない？」

試してみたところ、ブッブーという音とともに朱夏の貯蓄が増えて辰の残高が減る結果となった。

心底嫌そうな顔をした辰を見て、朱夏はたまらず笑ってしまう。

未だに怒りが収まらない彼をよそに、朱夏はありがとうと連呼してみたが、辰の青筋がより一層くっきり浮かび上がるだけだった。

他の手段も試したのだが、なにをやっても辰の残高が減るだけだ。

そのうち辰もあきらめて、髪を掻きむしるなり部屋着に着替えてソファにだらんと身体を投げ出した。

「もーええわ。明日、髪引っ掴んで投げ飛ばしたる」

「そんなことしたらダメだからね」

ふん、と鼻を鳴らされて朱夏はちょっと心配になった。だが、言うだけで辰はそういうことをやらない人だ。

夜、布団に入った朱夏は電気を消したあと、ふと口を開いた。

「シン、ありがとう……」

それからありがとうを十回呟くと、隣の部屋から「遊ばんでええから、はよ寝て！」という怒りのハスキーボイスがすかさず飛んでくる。

朱夏はさらに十回呟いた。もちろん、たくさんたくさん、感謝の気持ちを込めて。貯金を貯めたいわけではなく、本当に気持ちを届けたかった。

隣から朱夏の名前を呼ぶ声が聞こえてきて、朱夏は素早く口を引き結ぶ。

瞼（まぶた）を閉じると、ありがとうを言うたびに照れたような微笑を浮かべる辰の顔が目に浮かぶ。

朱夏は『本当に、ありがとう』と胸中で呟く。

「これからもずっと、シンと一緒にいられますように……」

朱夏は天国にいる神様に向かってお願いすると、眠りについた。

第四章

レシピ14　冷やしカレーうどん

朱夏が残業をするのは珍しい。

経理課なのでもちろん入出金が合わなければ居残りは確定だが、ミスの回数は少ない。

しかしその日、辰のもとに届いたメールには、残業確定と書かれていた。

『やらかした！　居残りになります！』

いかにも朱夏らしい文面に、辰はきょとんとしたあとに笑いを噛み殺す。

辰は短く『了解』と返事を打ち返した。

夕食の冷やしカレーうどんの汁を作り、テーブルの準備をしてから一息つく。

いつもなら朱夏が帰ってくる頃なのに、ただいまという声がないだけでなぜか辰は落ち着かない。

「……調子狂うなあ」

時間潰しに自宅でできる事務処理をしようと、辰はコーヒーを淹れてソファで仕事を始めた。

集中して作業をしていたつもりだが、見るとそれほど時計は進んでいない。アイスコーヒーを入れたグラスから、カランと氷の溶ける音がする。

再び仕事とにらめっこを続けたが、それでもまだ朱夏が帰ってくる気配はなかった。気がつくと完全に日は落ちており、うるさかったセミまで鳴きやんでいる。

「ん……雨、降ってきたんか？」

先ほど閉めたカーテンを開けて確認すると、驚くほどの大雨が窓を打っている。昼間に膨れ上がった積乱雲が、雨と一緒に雷まで連れてきたようだ。

「朱夏が帰って来るまでにはやんだらええなあ……ってか、あいつ傘持ってたか？」

心配になったのだが、会社で傘くらい借りられるだろうと考え直す。カーテンを開けたまま、辰はしばらく外の様子を見ながら仕事をした。

「あかんあかん。肩入れしすぎや。このままやったら独り立ちできへん」

辰は見守るつもりも側を離れない約束を破るつもりもない。もちろん死ぬまで一緒にいる覚悟もある。

しかし同時に、自分がいなくても人生を楽しんでほしいとも思っている。

「でも離れられたら寂しいんやけどな。それこそショックやわ」

ぽつりと本音が漏れて、辰は参ったなと頭を掻きながらため息を吐いた。

「けどあいつアホやし……ほんまに俺がおらんかったら生きていけへんちゃうの？」

辰としては、本当はずっと朱夏に頼られたい。

笑顔で帰ってきて、美味しい美味しいと自分の作ったご飯を食べてもらいたい。

けれどそれをおくびにも出さないまま、辰は朱夏と生活をともにしている。

「あーあかんわ。気になってしまってあかんわ」

辰はソファで大きく伸びをして、ひとまず落ち着こうとスーツから私服に着替えた。

そしてふと思い出して髪の毛を金髪に戻す。

「ふん、もおええやろ。やる気出ぇへんの髪色のせいや！」

そう言って、もう一度仕事に取りかかるべく、アイスコーヒーをがぶがぶ飲んで気持ちを立て直した。

＊

辰が家で仕事をしている間、朱夏はわたわたしていた。

入力したデータが、一行ずつずれていたことに、帰る直前に気づいたのだ。急いで部長に報告し、自分のミスなので残業の申請を出した。

「あーもう無理無理、お腹空いたよー！」

意気込んで残業に臨んだが、空腹すぎて泣き言しか出てこない。デスクに残って半泣きでデータ入力をしていると、見かねた二ノ宮主任が朱夏にクッキーをくれた。

「神様仏様主任様！」

「ははは、なにそれ面白いなあ。とにかく、早く終わらせて帰りなね。夜までこの雨は降り続けるみたいだから」

二ノ宮主任の気遣いとクッキーに癒されながら、朱夏は早く辰のご飯が食べたいと、必死になってデータを入力する。

「ご飯ご飯ご飯ご飯ご飯……！」

呪文のようにご飯と唱えながら、一時間半ほど入力し直した。

やっと終わりが見えてきたことで気持ちに余裕が出てくる。ふと耳を澄ませると、窓の外で雷の音が響き渡っているのが聞こえた。

「やった、終わった！　ご飯！」

朱夏が歓喜の声とともにガッツポーズすると、フロアに残っていた部長と二ノ宮主任が笑いながら朱夏を見た。

はしゃいでいたのを見られてしまい一瞬恥ずかしくなったが、作業が終わったので確認を頼む。

「お疲れさま。もう帰っても平気だよ」

「ありがとうございます！　今日はご迷惑をおかけしてすみませんでした」

「大丈夫だよ。すぐ直してくれたし……すごくお腹空いているみたいだから、早くご飯食べなくちゃね」

朱夏は恥ずかしく思いながらお腹を押さえつける。

部長と二宮主任に「失礼します！」とお辞儀をすると、職場から即刻退散した。会社の忘れ物の傘を借り、突風と激しい雨の降る中急いで家に向かう。

しかしスコールのような土砂降りの雨で、駅に着く頃には全身びしょ濡れになっていた。駅の構内を歩く人の多くも、朱夏と同じでずぶ濡れだ。

帰宅ラッシュを過ぎた電車に乗り込んで、ハンカチで顔や服を拭きながら辰に連絡した。やっと帰れる安堵に加えて、お腹が空きすぎておかしくなりそうな気持ちを指先に込める。

辰からの返事は「はいよ」の一言だったが、それを読むだけで幸せな気持ちが押し寄せてきた。

電車の中でお腹の音を響かせるわけにはいかないので、必死に力を入れて我慢しながら、一秒でも早く帰ろうと意気込んだ。

最寄り駅の改札から空を見上げると、未だに雨脚は弱まる気配がない。ザアザアと音を立てながら用水路に雨が流れていく。

　早足で公園の前を通りかかったところで、朱夏はぴたりと立ち止まった。

『みーい』

「あれ、なんだろう今の？」

『みーい、みーい』

　朱夏は周囲をきょろきょろ見回す。声の主の姿は見えないが、気になってしまって公園に足を向ける。

　朱夏があちこち視線を巡らせている間にも、小さな声はひっきりなしに聞こえてきていた。

「まさか、猫？」

　垣根に近寄りしゃがみ込んで、木々の間を覗き込む。そこには小さな灰色の仔猫が、雨で濡れた身体を丸めて震えていた。

「わ、どうしたのこんなところで！」

　朱夏は手を伸ばしたのだが、警戒しているのか近寄ってきてくれない。

「おいで。怖くないから、こっちおいで。風邪引いちゃうよ」

　朱夏がさらに手を伸ばすが、みいみい鳴きながら垣根の奥に後ずさってしまう。朱夏は傘を放り出してその場に片手をつくと、垣根の中に腕の付け根まで入れた。

「そんなところにいたらダメだよ。早くおいで」

猫はびっくりしたようで、身体をねじって朱夏の手を避けてしまう。しびれを切らした朱夏は、四つん這いになって垣根に身体をねじ込んだ。

「一緒にお家帰ろう」

素早く小さな身体を手で持ち上げると、仔猫は観念したように朱夏の手の中で大人しくなった。朱夏はその子に傷がつかないよう腕の中に包み込みながら、垣根の中から身体を出す。

その時、プップーという音がした。

車が脇を通り過ぎながら、盛大に水たまりの水を跳ね飛ばしていく。

仔猫をかばって背を向けたものの、頭から水をかぶってしまい一瞬で泥だらけになってしまった。

「君、大丈夫だった？　寒いよね」

帰ろうと思って傘を広げると、その中にも水が入り込んでいて、頭から泥水をかぶってしまう。

踏んだり蹴ったりすぎて笑ってしまってから、大人しく抱かれている猫を抱えて家に向かった。

「あったかくして、ご飯いっぱい食べようね」

話しかけながら歩いていると、右腕がずきずきと痛むことに気がついた。

枝で腕を切ってしまったようで、肘の近くから血が出ている。流血に驚いたが、幸いそれほど傷は深くないようだった。

「辰は怖いけど、猫ちゃんをお料理に使ったりしないから安心してね」

言ってから『食材を調達してきたのか！』と辰が笑顔で出迎えてくれる想像をしてしまい、朱夏は頭をぶんぶん振った。

「大丈夫、大丈夫。猫鍋とかないから、大丈夫……」

やっと自宅が見えてきて、朱夏は足を速める。一刻も早く家に帰りたい。

焦るような気持ちで朱夏が玄関に足を踏み入れるなり、辰がキッチンから鬼の形相（ぎょうそう）で現れた。

「ただい……」

最後まで言わないうちに、ものすごい勢いでバスタオルが朱夏に巻き付けられる。

そして次の瞬間、泥まみれでびっしょりの身体が宙に浮き上がった。

「わ、わ、なになに⁉」

タオルで視界が塞がれたため、いわゆるお姫様抱っこをされているのだと気づくまでに数秒かかった。

「シン、重いから下ろしてっ！」

「こーのどアホがなにしとんねん！　風邪引く前にさっさと風呂入りーや！」

バスタオルから顔を出すと、間近に辰のめちゃくちゃ不機嫌な顔が見えて肝が冷えた。

「じ、自分で歩けるってば！」

「泥だらけの足で廊下歩く奴がおるか！　――だいたいなんで泥んこやねん、はしゃいで泥水にダイブしたんやったらどつき回す……にゃあ？」

どえらいハスキーな声で朱夏を叱っていた辰が、ピタッと足を止めた。しょげていた朱夏は、ハッとして手の中でもぞもぞ動くそれが無事か確認する。

「朱夏、ついに腹の音までにゃあにゃあおかしくなった……」

「私も最初そう思ったけど、違うんだって。見て」

朱夏が手の中に持っていたものをそっと見せると、辰は目を真ん丸にして固まった。

「あのね、この子を助けていてこんな泥だらけになっちゃったの」

辰は複雑な顔をすると、とりあえず泥だらけの一人と一匹をバスルームに運んだ。

「出てから説教やからな、覚悟しいや」

グチグチ言いながら朱夏を下ろすなり、手のひらから猫をひょいと取り上げた。

「あ、待ってシン。食べないで！」

「……はあ？」

「よく見て。その子小さいでしょ？　いくらシンの腕でも、絶品な猫鍋にはならないと思うの」

朱夏が必死に言い募ると、辰の眉毛がぴくりと動いた。

「だしも取れないと思うし、一食分にもならない……痛いっ！」

「これ以上デコピンくらいたなかったら、さっさと風呂入って、よお温まって出てきいや！　なにが猫鍋やねん！　アホ通り越してどつき回す気も起きへんわ！」

どついてるじゃん、と朱夏は口を尖らせて言おうとしたのだが、今度は唇をつままれる。

「ええな、はよお風呂入り。それ以外考えんなよ、わかったか？」

「……食べちゃダメだからね」

辰がキッと眉毛を吊り上げたので、朱夏は慌てて風呂場の扉を閉めた。

朱夏がお湯を出し始めるのを確認してから、辰は手に持った泥だらけでぼさぼさの仔猫を見つめる。

みゃあみゃあ鳴きながら、なにかを訴える猫の鼻面を、辰はちょっと撫でた。

「アホやん。あいつの脳みそ、お豆腐ハンバーグやったたん忘れてたわ。ええか、お前も猫鍋になりたなかったら、大人しくしときや」

返事をするように一声鳴いたので、思わず笑顔になる。キッチンまで連れて行くと、温かいお湯で汚れを落として、タオルで優しく拭いた。

「ほんまに小さいな。これやったらだしの一滴も取れへんわ。って、猫鍋にせぇへんから安心しい。たらふく食わせて大きくして、鍋にポーンとかしいひん」

温めたミルクをあげて、段ボールにたくさん布を入れて休ませてから、辰は夕食を作り始めた。

風呂から上がるなり、髪の毛も乾かさないまま朱夏はキッチンに飛び込んだ。

もちろん、仔猫が猫鍋になっていないか心配したのだが、頭に角（つの）を二本生やしたお怒りモードの辰に追い返された。

「風邪引いたら、尻の穴に体温計入れたるで！」

「絶っっっ対に嫌！」

朱夏はバタバタと足音を響かせながらバスルームに戻る。しかしすぐに勢いよく戻ると「今日の晩ご飯なあに？」と訊（たず）ねた。

辰はあきれたような顔でテーブルの上を指さす。

「食いたいんやったらさっさと髪乾かしといで！」

「はーい！」

食べ終わったら猫を見せてくれると言うので、朱夏は大人しく髪の毛を乾かし、夕食の準備が整ったテーブルに着席した。

〈本日の晩ご飯〉
冷やしカレーうどん
キャベツのコールスローサラダ
オクラのおひたし

「いただきます！」

「どおぞ」

カレー粉で炒めた玉ネギと豚こま肉が、うどんの上にたっぷり載せられている。てっぺんにあった温泉卵を箸で割り、とろけて出てきた黄身をうどんと絡ませて口に入れた瞬間。

「なにふぉれおいひい――――！」

カレー味の冷たい汁とちょっと濃いめの味付けの肉が、空腹だったお腹を瞬時に満たしていく。あとから来るピリ辛具合が丁度よくて、こしのあるツルツルの麺が噛みごたえたっぷりだ。

「五十人前くらい食べられそう！」

「わんこそばちゃうねんからゆっくり食べーや」

箸が止まらない朱夏は、頷く代わりに麺をすすってニコニコ笑った。

まだ濡れている朱夏の毛に気づいた辰が、一束つまみ上げながら「ちゃんと乾かせ言うたのに」と半眼で睨んでくる。

朱夏はずずずと麺をすすって『ごめん』という意思を伝えた。心配して怒ってくれる優しさが、美味しい夕食とともに朱夏の胸に沁みわたっていった。

食べたものをすべて片づけ終えてせがむ朱夏に、辰はやっと仔猫を見せてくれた。

「寝てるやろ、そっとしとき」

二人して猫が入った段ボールを覗き込むと、小さな身体を丸めてすやすや寝息を立てている。ふわふわになった毛並みを見て、朱夏はホッと一安心した。

「よかった、猫鍋になっていなくて」

「ほーう。朱夏、もっぺんデコピン食らいたいんやな？　よし、そんなにお望みなんやったらしたるから、こっちにでこ出し！」

「だって金髪に戻ってるから強面だし、今にも食べちゃいそうな顔してるんだもん！」

「こんなちびっこ食うほど食費困ってへんわ！　それになんや、俺の顔が怖いって言うんか！」

腕を掴まれた瞬間思わず「痛い！」と声を上げると、辰は即座に朱夏の異変に気づいた。間髪容れず朱夏の身体がグイと引き寄せられる。

細身の外見からは想像もつかない強い力で引っ張られて、朱夏は辰の胸の中にダイブしてしまった。

胸板に顔を打ちつけておののいているうちに、袖をまくられて腕の傷を発見される。

「あーっと、そのぉ……」

怒鳴られるかと思ったのだが、予想に反して辰は盛大に眉根を寄せ、大きなため息を吐いた。

辰は立ち上がって救急箱を取って戻ってくると、朱夏をソファに座らせて傷口を見せるように言う。朱夏が大人しく従うと、少々乱暴に消毒液をかけられた。

「いいい痛いいいたい、しみるしみる！」

「うるさい、なんちゅうもん作ってんねやこのアホ！　女の子やねんから生傷作ったらあかん。しみるほうがええわ、懲りて大人しなるやろ！」

痛くて目を白黒させていると、ついでに膝の擦り傷もバレてしまう。

朱夏はお小言を言われながら、手際よく傷の手当てをされた。しかし処置が終わってもなお、辰の文句は終わらない。

「……痛いよ、シン」

「アホ。痛いの嫌やったら、傷作らんといて」

「だって猫ちゃんがいたから……」

「だってもくそもあらへんわ！」

ぴしゃりと言われて、朱夏はしょげた。

辰は救急箱をしまって朱夏に向き直ると、今度は頭をよしよし撫でる。顔を上げると、辰の顔が迫ってきてコツンと額が当たった。

「あのなあ。そういう時は俺を呼び。朱夏に頼られへんねんやったら、俺のいる意味がないやろ？」

辰の顔が離れていき、心配そうな複雑な表情がよく見えた。

「――わかった？」

「うん……ごめん。次は呼ぶから」

チャリーンと音が聞こえてきて、辰は胸を撫で下ろしたようだ。

「頼ってもらわんと、俺は助けられへんねん。朱夏も誰かに頼らんと、誰も朱夏を頼られへん。意味わかる？」

「う……うん？」

「人は、一人では生きていかれへんねん。持ちつ持たれつなんやで。だから人を頼ってええんやで。よお覚えとき」

辰になんとも言えない顔をされてしまい、悲しませたかと思って朱夏は反省しながら深く頷いた。

そうしていると、お腹が空いたらしい仔猫が目を覚ました。

辰が温かいミルクを用意してきて口の前に持っていく。飲んでいる様子を見ながら、実は灰色ではなく白に近い毛色だったことに朱夏は驚いていた。

「泥で汚れていたから灰色っぽく見えたけど、真っ白だったんだね！」

満足そうに口の周りにミルクをびっちり付けた仔猫を、辰がタオルでべろんと拭きあげた。

「安心してゆっくり休んでね」

飲み終わってうとうとする仔猫を見ているうちに、いつの間にか朱夏もソファで寝てしまった。

読書をしていた辰は、横からすうすうと寝息が聞こえてきて顔を上げる。

「ここで寝たらあかんやろ」

いつもの就寝時間より早かったが、疲れたのか声をかけても身体を揺らしても朱夏は起きようとしない。

辰は猫を部屋の隅に移動させると、未だに寝ている朱夏をつつく。

起きるそぶりが微塵もない朱夏を抱きかかえると、彼女を部屋まで運んだ。

しかし、ベッドに寝かせようとした時、いつの間にか朱夏がシャツを握っていることに気がついた。手を振りほどけず辰はその場で固まる。

少し前まで、夜中に悲鳴を上げながら飛び起きていた姿が辰の脳裏をよぎって、彼女の手を無理やり外そうとするのをあきらめた。

「……まあ、こんな形でも頼ってくれてんねんやったらええわ」

一緒のベッドに入ると、朱夏に腕枕をして横に寝そべる。安心したように寝ている彼女の頭を撫でて、辰も目をつぶった。

レシピ15　生姜(しょうが)焼き

数日前に拾った仔猫はすっかり元気になったようだ。箱から出してあげると、床をよちよち歩く姿が可愛い。

数時間ごとにミルクをあげないといけないのだが、あいにく朱夏は会社に行かねばならず世話ができない。なので、日中の世話は辰がしていた。

猫は辰にも懐(なつ)いており、彼のパーカーのフロントポケットがお気に入りだ。

辰の服の中にすっぽり入る姿を見た朱夏は、大きなポケットのついた腰に巻くタイプのエプロンを大慌てで買ってきた。

なので、辰は真っ黒な細身のスーツに、仔猫をポケットに入れたエプロンを巻いて出勤している。

　そのスタイルで仕事をしている辰の姿を想像しただけで面白い。死神のフロアでも大変好評らしいと小耳に挟んでいる。

「――じゃあシン、猫ちゃんよろしくね。猫鍋にしちゃダメだからね……？」

「アホなこと考えてないで、さっさと会社行き。遅刻するで」

　不機嫌そうに眉を吊り上げる辰に手を振って家を出ると、しばらくして朱夏の携帯電が鳴った。

　ディスプレイを見たら知らない番号だ。会社関係かもしれないと、通話ボタンを押す。

「――もしもし？」

『もしもし。門宮さんですか？　松原葵です……以前駅で会ったんですが、覚えていますか？』

「……あの時の！」

　受話器から聞こえてくる葵の声は元気そうだ。安心すると同時に、連絡をくれたことが嬉しくなる。

『あの、よかったら門宮さんと話がしたくて……今、駅にいますか？』

「ちょうど向かっているところなんだ」

『南改札にいます、少しだけ会いたいんですが』

「うん、もちろん！」

朱夏は電話を切り、急いで駅に向かった。

南改札に行くと、こちらに手を振る長身の人物が見える。小走りで近づくと、葵ははにかんだような笑顔になった。

「おはようございます。朝の忙しい時間に、急に呼び出してすみません」

「ううん、連絡くれて嬉しい。体調はどう？」

この通りです、と葵はニコニコ笑う。線路を見てぼうっとしていた時の虚無感は、瞳からすっかり消え去っていた。

見上げてから、葵の身長がかなり高いことに気がつく。

辰よりも大きい虎徹を、さらに上回る高さだ。今さらながらにぽかんとしていると、葵はリストバンドをしている手首を、もう一方の手でぎゅっと握った。

「俺、バスケやってるんですよ」

「どうりで身長大きいと思った」

「そのことで、話をしたくて」

「今日だったら昼休みなら平気。夜はまた別の日になっちゃうけど」

「昼でいいです。会社まで行きますよ」

「私お弁当だから、近くの公園で一緒に食べようよ」

朱夏の提案に葵は頷く。お昼にまた会う約束をして、いったん別れることにした。行ってらっしゃいと手を振られて、朱夏は笑顔で手を振り返す。

チャリーンという音が鳴ったのを聞きながら、気持ちよく会社に出社した。

*

「あれー。辰、金髪に戻したんだ。また怒られない？」

猛烈に忙しい死神フロアにのんきな声が響く。

外回りの仕事から帰ってきて書類とにらめっこしていた辰は、声の主である暁を華麗に無視した。

「ねーねー辰ってば。んー金髪のほうが似合うけどね、見つけやすいし」

「そりゃどうも。用がないんやったら帰ってくれへん？」

フロアの死神たちが恐れる辰の不機嫌モードを、暁はちっとも怖がらない。まとわりついた挙句、辰の隣の席が空（あ）くとそこに座り、どうでもいいおしゃべりを始めた。

「でね、僕もこれはさすがに縁結びしないとだなーと思って」

「――……暁」

「ん？」

不機嫌の権化のような顔をした辰は、暁の頬を思い切りつねった。

「痛い痛い痛い痛い！」

「うるさいねんけど！」

『――にゃあ！』

辰のハスキーな怒声に、寝ていた仔猫が驚いたようだ。慌てた様子でひょっこりエプロンから顔を出して、耳をしきりに動かしている。

「出たらあかん！　悪い縁結びの神に食われるで」

それを見た暁が「か、か、可愛い！」と悶絶しながら辰を押しやった。

「なんで猫⁉　悪い死神に食べられようとしてない？　今晩は猫鍋や〜とか言われてない？　ちょっと僕にも撫でさせて！」

手を伸ばして仔猫を取り上げようとする暁を、辰は身体をよじって阻止する。ついでに暁のぼさぼさ頭にゲンコツを入れた。

「アホちゃうか！　なんでお前も朱夏も同じこと言うねん！　他の死神まで食べたらあかんて言うてくるし、俺の顔は鬼か悪魔か！」

ゲンコツを食らった暁は「だって辰の顔怖いんだもん」と口走る。

「……あ、そうそう。また朱夏ちゃんが男の子とデートしてるから伝えにきたの」

辰は猫の頭をちょいちょいと撫でながら、ふうとため息を吐いた。

「ええよ、ほっといたら」

「あら、やかましいお姑さんやめるの？　彼女がデートしてたら、また連れ戻しに行くんでしょ～」

「あのなあ……」

「ウソウソ冗談！　相手は、朱夏ちゃんが以前助けた、自殺しようか迷っていた大学生だから」

辰はうんと頷きながら胸を撫で下ろし、優しい笑みを口元にのせた。

「うわあ……辰はいつもそういう顔してたら、めっちゃかっこいいのに。その顔だったらモテるよ。いつも鬼みたいな顔してってもったいない」

「大きなお世話や！　無駄口叩かんとさっさとあっち行けや！」

「休憩しよ、ね。気になっちゃうと思うし、一緒に下界の様子見ようよ」

言うなり暁に腕を思い切り掴まれたので、辰は渋々席を立つ。

休憩スペースで暁が端末を取り出し、二人は画面を覗き込んだ。人間の世界では、朱夏と青年が公園でランチを食べている姿が見える。

「話の内容も聞く？」

「――いや、ええわ」

辰の返答に、暁が目を丸くした。

「そっか。辰は一番近くで、見守ることに決めたんだね」

「そ。あいつがあんな幸せな顔しててんねんやったら、それでええ」

朱夏が弁当を頬張っている様子を、辰は安心したような笑顔で見守った。

＊

昼休みに、朱夏は葵と約束をした会社近くの公園に向かう。噴水が見える木陰のベンチに並んで座ると、コンビニ弁当とパンを広げた葵が口を開いた。

「俺あの時、朱夏さんが止めてくれなかったら、線路に飛び降りていたかもしれなくて」

あんまりよく覚えていないんですけれど、と葵は付け加えた。

「ダメだよ、飛び降りて足でもくじいたら痛いと思う」

朱夏が真剣に頷いているのを見るなり、葵は肩の力が抜けたようにふふっと笑い始めた。

「くじくくらい、なんともないんです。朝も言いましたけど、俺ずっとバスケやってて。そのスポーツ推薦で今の大学に入ったんですよ」

「じゃあ、めっちゃ上手ってことだよね⁉」

それなりには、と葵は謙遜した。

「親父もおふくろも、バスケがきっかけで出会って結婚したんです。俺もチビの時からボール持って育ったんで、それしか頭になかったんですよね」

もちろん将来はプロバスケのチームに入り、ゆくゆくは海外進出を本気で目指していた矢先のことだった。

「大きく靭帯やっちゃって、手術したんですよ」

「そうだったんだ……」

葵は手元を見つめながら、悔しそうに口を引き結んだ。

「実はけっこうひどくって。手術は成功したし、リハビリも頑張ったんですけど、コートに戻るには時間がかかりすぎました。それに、復帰したらしたで今度は膝とか足首の怪我を繰り返して、完全にもとには戻らなくて。スポーツ推薦なのに、こんなんだから学校も居心地悪くて、一般生徒になるか考えていたんです」

「学校はつらい？」

「勉強は追い付きます。でも、コートに立てないのが苦しいです。両親を不安にさせてしまったし、俺ってダメだなって絶望しちゃって」

それは一体どんな気持ちなのだろうと想像したのだが、考えが及ばなくて朱夏は口をつぐんだ。

葵は同意を求めているわけではないということは、すぐに理解できた。ただ、あの時止めてくれた朱夏に状況を説明するべきだと考えて、胸の内を話してくれているのだろう。

「……葵君の立場じゃないから、安易にわかるよって私は言えない。でも、すごくつらくて悩んだのは伝わったよ」

葵は苦しそうに小さく頷いた。朱夏はお弁当に入っていた照り焼きチキンを一つ葵の弁当の上に置く。

「いいんですか？」

「うん。私もつらいことがあったけど、ご飯を食べたら生きる力が湧いてきたの。誰かと一緒に食べるのって楽しいよね」

「そうっすね……忘れていました。楽しいとか、美味しいとか」

葵は照り焼きチキンを頬張ると「美味しい」と微笑んだ。

「私でよければ、いつでも話を聞くから連絡して……相談相手にはならないかもだけど、こうやって一緒にご飯食べようよ」

当事者にしかわからない悩みを、他人が百パーセント理解することは難しい。

朱夏が今できることは、相手の話を真摯な気持ちで聞くことと、一緒の時を過ごすこと。それは、辰が朱夏にしてくれたことでもある。

その時、チャリーンと貯金音が響いた。

「私はね、美味しいご飯を食べると、悩みが消えていくし、生きている感じがするんだ。同居人の作るご飯に私は救われたの」

今度は葵も夕食に誘ってみようと思いながら、朱夏は微笑んだ。

「葵君、ありがとう。私にできることは少ないけど、話してくれて嬉しい」

「こちらこそ、こんな話聞いてもらっちゃって……ありがとうございます」

葵の笑顔はとても可愛らしくて、朱夏もつられて目元が緩んだ。

「じゃあ奮発して、もう一切れチキンあげちゃうね！」

「いいんですか？　じゃあ俺も……ちぎりパンのチョコ味、一切れあげます」

また会って話をしようと、お互いに約束し合う。こうして朱夏に、大学生の友人ができた。

あっという間に昼休みは終わってしまったのだが、とても美味しいご飯を二人で食べることができたのだった。

さて、業務を無事に終えて、朱夏がばたばた帰宅したのは夕方過ぎ。

キッチンから漂ってくる豚肉の香りに、思わずお腹の虫が盛大に鳴り響く。

「シン、今日の晩ご飯なあに？」

「その前に手を洗って……っ⁉」

辰が顔をしかめるより先に、朱夏は後ろから辰に飛びついた。

辰がわたわたしているのにも気づかず、腕を前に伸ばしてエプロンのポケットの中に手を入れる。

「あ、あれ……猫ちゃんがいない……」

朱夏は、慌ててフライパンの中を覗き込む。

豚肉が炒められていることに安堵してから辰を見上げると、頭上に角(つの)を生やした彼とばっちり目が合った。

タイミングよく「にゃあ」という鳴き声がリビングから聞こえて、箱からひょこっと顔を出した仔猫が目に入る。

「……あのなあ朱夏、俺の言いたいことわかってるやろ？」

「うん、手を洗ってくるね！　よかった、猫ちゃん無事で！」

雷が落ちる前に辰から離れると、朱夏はキッチンから走り去る。

「アホかあいつ。無防備に男に抱きつくな。あ、男として認識されてへんのか俺は！　いやちゃうよな、あいつがアホなだけやなきっと……はぁ……」

生姜(しょうが)たっぷりの甘辛いタレを肉に絡ませながら、辰はボソッと不満を口にした。

〈本日の晩ご飯〉
玉ネギたっぷり生姜焼き
モロヘイヤの味噌汁
トマトのマリネ

「いただきます！」

「どおぞ」

味噌汁を口に含んだ朱夏は、その瞬間ホッとした。

これが家庭の味なんだなと、しみじみ思いながらもう一口飲む。夏を感じるモロヘイヤの風味が、疲れた身体を元気にしてくれるようだ。

それからトマトのマリネを食べるなり、冷たさと酸っぱさに眉をキュッと寄せた。

「酸っぱいけど美味しい！」

「せやろ、だいたい暑すぎんねん。お酢は身体にもええし、夏バテ予防にもピッタリや……って聞けこら！」

「やばーい、んー！　生姜焼きおいひい！」

辰の説明を無視して、朱夏は生姜焼きを口に入れてから頬に手を添えて悶絶した。

あつあつの生姜焼きは、ピリリとした生姜の辛みがあとからくる。厚切りの豚肉のジューシーな噛みごたえに、とろみのある甘辛いタレがベストマッチだ。

ご飯との相性が抜群すぎて、生姜焼きと白いご飯の間を、朱夏のお箸が忙しなく往復する。

「お弁当もすごく美味しかったけど、一仕事終えたあとのシンのご飯ってどうしてこんなに美味しいんだろ。やばい天才。豚さんにも感謝！」

訳のわからないことを言いながらモリモリ食べる朱夏の姿に、辰は口の端に笑みをのせて目元を緩ませる。

朱夏は昼休みの葵の話や、天国貯金の音のことを辰に伝えた。

「今度、葵君も夕食に誘いたいなって思ったんだ。いいかな？」

辰は「ええよぉ」と言いながら、朱夏の頭をよしよしと撫でてくる。それに朱夏がぽかんとすると、辰のほうがもっと驚いた顔になった。

「やってもうた！　つい猫撫でるのと同じ感覚になってたわ！」

「なにそれ、私の食べ方が猫みたいってこと？」

辰は手を引っ込めてから眉根を寄せる。

「ちゃうちゃう。そおやな……朱夏も生き物が食べ物食べてる時、ついつい撫でたくなるやろ？　あのチビ猫がミルク飲んでるとよく撫でてるやん？」

「食べてる姿って可愛くない？　撫でたくなるっていうか……あれ？　それと一緒っ

ってことは私が可愛いってこと?」

　朱夏は辰をからかおうと思って、ニヤッとしながらつつく。すると辰は気まずそうに口を曲げた。

「……ん。まあ、そおいうことやな」

「えっ⁉」

　辰は朱夏の鼻先をちょん、と触って、見たことがないくらい優しい笑顔になる。

「はよ食べ。冷めてまうで」

　あまりにも反則な笑顔を向けられてしまい、朱夏は辰の顔を見られないまま、恥ずかしさで耳まで熱くなりながら生姜焼きを食べた。

　そのせいでご飯を二杯もおかわりして、動けなくなって叱られてしまった。

　いつものように怒っているほうが辰らしい。なぜなら、彼の優しすぎる笑顔はなんだかいつもと違って見えるから。

　辰の笑顔を思い出すと、ドキドキして眠れなくなってしまう。なんでそうなるのか、その理由は朱夏にはまだわからなかった。

レシピ16　クリームグラタン

朱夏はじゃれついてくる仔猫の鼻先を撫でた。びしょ濡れの状態で拾ってきてからすでに三日経つ。

みゃあみゃあ鳴きながらよたよた歩く姿は本当に可愛い。朱夏は帰宅して手を洗うと、すぐに猫を捜すようになっていた。

段ボールの中に姿が見えないと、料理をしている辰のポケットを覗きに行く。そのたびに抱きつかれる辰は困っているのだが、朱夏はまったく気づいていなかった。

「いい加減、どうにかせんとなあ、おチビ猫」

仔猫ではなく朱夏に困っている辰は、苦い顔で呟いた。

「……たしかに」

助けたのだったらちゃんと最後まで責任を持って見届けろ、という辰の言葉が朱夏の頭をよぎる。

「ずっと段ボールの中で生活させるわけにもいかんやろ。血統書付きみたいやし、飼い主近くにおるかもよ？」

「そうだね。猫ちゃん、家族捜そうか……シンに食べられちゃう前に」

「しゅーかー！」

明日の朝飯抜きや！　と大声で叱られて朱夏はクスクス笑ってしまった。

「……ほんまに作らへんで」

「わーわーわー！　ごめんってばシン！　っていうかネタじゃん……」

「もう少しまともなの考えろ」

キッチンからやってきた辰が、拗ねている朱夏の頬をむぎゅっとつまんだ。

「だって、猫ちゃん食べそうな顔してるから」

「だーれーがー顔悪いっちゅーねん！　口塞いだろか！」

暴れる朱夏を押さえつけて意地悪な笑みを浮かべると、辰はそのまま朱夏に迫ってきた。存外に強い力で抑え込まれて、朱夏はまったく動くことができない。

「わ、ごめんてほんとに――！」

目をぎゅっとつぶった次の瞬間、口の中に甘くてふわふわしたものが入れられた。

「んご、ごふごふ……」

「ほれ、朱夏。そのアホ面でなんか言うてみい」

朱夏はふわふわで甘いそれをモグモグ咀嚼する。

「ん……おいひい……」

「せやろ。パウンドケーキやで」

「……やばい、食後にこれはやばいよシン！」

「もっと食いたいか？」

「シン様神様死神様！　南無阿弥陀仏（なむあみだぶつ）！」

両手で拝んでから朱夏はちらりと見上げる。もちろん辰はお皿にパウンドケーキを載せて持ってきてくれていた。

「……まあええか。よお敬（うやま）っとけ、死神様をな」

「ははー！」

辰の手作りケーキを食べながら、仔猫をどうするかということに二人とも頭を悩ませた。

このまま一緒にいるという選択もあったのだが、即却下となった。お迎えする前に、朱夏にはやるべきことがたくさんある。

生き物を迎えていいのは、命の責任を取れる人だけだと辰に真顔で言われて、朱夏はしゅんとなった。

自分の命さえ大事にできなかった朱夏に、他の命の責任まで持つ自信はない。

それに、こうして今生活できているのは辰のおかげだ。

辰がいなければ成り立たない生活に、自分一人で対処できない物事を持ち込むのは明らかに無謀だ。

たくさん話し合った結果、二人は翌日から飼い主捜しをすることに決めた。

「猫ちゃん、こっち向いて……そうそう……そう、可愛いよ、よしＯＫ！」

朱夏が仔猫の可愛い写真を撮り、辰がパソコンに取り込んでチラシを作成する。

「動物病院とか、商店街のお店とかに貼りに行ってくるからね。猫ちゃんの家族が早く見つかるといいね」

休日を全部使って近所に声をかけてチラシを貼らせてもらう。

すぐに連絡が来ますようにと願いを込めて、朱夏は辰と二人であちこち歩き回った。

状況を説明すると、どの人たちも協力的で快くチラシを貼らせてくれる。

ペットを飼っている人もそうじゃない人も、たくさん話を聞いてくれて打ち解けることができた。

気づかないだけで、人の温かさはすぐ近くにあったのだ。困っていると伝えれば協力してくれるし、相談にも乗ってくれる。

人は持ちつ持たれつなのだという辰の言葉が、今やっと朱夏の身に沁みていた。

「……朱夏、これ」

歩き疲れてガードレールに寄りかかっていると、辰が冷たい飲み物を買ってきてくれた。

「ありがとう！」

「適度に水分補給と休憩取らんと、こんだけ暑いと干からびてまうわ」

ムシムシした空気にげっそりしながら、辰はペットボトルを傾けた。

「シン、ありがとう。本当はこれ全部、私一人でやるべきだし、責任取らなくちゃなのに……頼っちゃった」

――チャリーン、チャリーン。

お金の貯まる音が二度連続で聞こえてくる。

首をかしげていると、辰が帽子の鍔（つば）を掴んで空を見上げた。

「一つはお礼言えたこと、もう一つは俺を頼れたことやな」

「私も、もっと早く周りを頼っていたらよかったんだね」

追い詰められていた時にできていたら、今とは違う未来になっていただろう。それを、こうして辰が隣で教えてくれる。

「一人じゃないんだなってわかったよ……今日は、昔の私が気づけなかったことに気づけてよかった。でもこれから先も、私はシンのことを一番に頼りたい」

もちろんや、とぽつりと呟いて辰は大きく呼吸した。

自分一人の時間を楽しんだり、休んだりしてもいいはずなのに、辰はいつも朱夏のために時間を使ってくれる。

「……ありがとう、シン」

辰の手が横から伸びてくる。

ぽんぽんと頭を撫でられると、朱夏はよくできましたと言われているような気分になった。


――それから二日後。

朱夏の携帯電話に、仔猫の飼い主だという人から連絡がきた。

とんとん拍子に話が進み、その日の夕方には飼い主が家の近くまで引き取りに来てくれることになった。

朱夏は急遽早上がりさせてもらうことにして、超特急で仕事を終わらせる。朱夏が帰宅すると、辰がいつものタイトなスーツ姿で、猫の入った段ボールを用意してくれていた。

公園で待ち合わせをし、ドキドキしながら飼い主を待つ。

予定時刻よりも五分ほど早く、女性と小さい男の子が手を繋いで現れた。仔猫を見せると、ホッとしたのか女性は涙を流し始めてしまう。

聞けば、子どもの誕生日に迎えたばかりだったという。窓を開けた隙に、雷に怯えて飛び出してしまったのだと教えてくれた。

「この子をお迎えするために、いっぱいお手伝い頑張ったんだよね」

母親が子どもに話しかけると、元気いっぱいの返事が聞こえてくる。

「そう！　宿題も頑張ったし、お洗濯もお掃除もしたの」

そうやってお小遣いを貯めて、仔猫の購入資金にしたらしい。

「頑張ったね」

朱夏が褒めると、男の子は嬉しそうにニコニコ笑った。

「……あの日からずっと捜していて。見つからないから車にはねられてしまったか、雨で死んでしまったかとあきらめていたんです……」

「よかったです、家族のもとが一番ですから！」

朱夏は段ボールに入っていた仔猫を渡す。

泣き笑いをする母親を見ていると、朱夏の胸にぐっとくるものがあった。

「猫ちゃん、ありがとう。元気でね」

チャリーンと響く音がして、朱夏は唇をぎゅっと噛みしめる。

猫を助けたのが無駄じゃなかったことが嬉しい。こうして喜んでもらえたことが、なによりも朱夏の胸を熱くさせた。

命や責任について考えさせてくれたあの仔猫には、心の底から感謝していた。

朱夏は滲む視界で手を振りながら、親子を見送る。

彼らの姿が見えなくなると、ずっと堪えていた涙が込み上げてきた。もうあの温かくてふわふわな毛並みに触れないのは、ほんの少し寂しい。

「しゅーか。泣くなって。遊びに行ったらええやん、撫でさせてくれると思うで」

辰に手を握られて、やっと朱夏は歩き始める。

「よかったやん。朱夏もちゃんと最後まで責任取れたし。一歩前進やな」

涙が止まらず、辰と手を繋いだまま帰路につく。辰の手は夏場なのに少しだけひんやりしていた。

「一緒にご飯作ろか。あいつ白かったから、今日は白い料理にしよ」

「……うん」

朱夏がぼろぼろ泣いていると、辰は苦笑いしながら指先で涙をぬぐってくれた。

〈本日の晩ご飯〉
　濃厚クリームグラタン
　きのこのコンソメスープ
　ポテトサラダ

「いただきます」

「どおぞ」

泣いてすっかり目がはれぼったくなった朱夏は、重たい瞼をしばたたかせながら、あつあつのグラタンにフォークを刺した。

深皿から、チーズとホワイトソースが絡んだマカロニが現れる。

ふうふう冷ましてから口に入れると、甘さとこっくりした味わいが広がった。

「…………美味しい」

「当たり前や。一緒に作ったんやから、不味いとかありえへん」

またもや朱夏の目から止まっていた涙が出てきた。

「美味しいよ、シン……」

手の甲で朱夏が涙をぬぐっていると、横からすかさずティッシュが飛んできた。

涙を拭いて、フォークでマカロニを山ほどすくい上げる。幸せを口の中いっぱいに詰め込んだような気持ちになった。

「こら、よく噛んで食べーや。食べたもので、人の身体は作られるんやで」

込み上げてくるものを堪えて頷いたら、涙がポタッとテーブルに落ちた。

「……猫ちゃんの家族が見つかってよかった」

「せやな。家族の絆は深い……種が違っても、血の繋がりがあってもなくても」

「うん」

朱夏はグラタンを頬張りながら、生きる喜びと食べ物を食べられる幸せを噛みしめる。

「いっぱい食べなくちゃ。明日からまた、仕事も一日一善も頑張るんだから」

朱夏は涙をぬぐうと、真剣な顔で食べ始める。

食べ物を食べないと生きていけないのは、朱夏自身がよくわかっていた。

だから今日も明日も明後日も……朱夏はご飯をいっぱい食べる。自分に関わってくれたすべての人が、健やかに過ごせることを願いながら――

レシピ17　レンチンの鶏肉バター醤油炒め

ある日、朱夏が皿を洗っていると、ぼうっとしていたせいで手から小鉢がつるりとすべり落ちてしまった。

伸ばした手は届かず、見事にパカッと割れてしまう。しかも、焦って拾おうとして、思い切り指を切ってしまった。

「わ、わ、わ！」

「朱夏、なにしてん――って、げえ！　血ぃ出てるやん！」

「これくらい平気」

舐めようとすると、辰がその手を問答無用で掴んで流水にさらした。

「それしたらダメって教わらんかったんか。このまま一歩も動くなよ」

しょげながら待っていると、救急箱を持って戻ってきた辰は、眉間に深いしわを刻んでいた。

「そのまま安静にしとき」

高速で手当をされると、朱夏はポイッとソファに放り投げられてしまう。シンク前には、朱夏に代わって辰が立った。

流水音をさせながら、辰は鬼のような素早さで食器を片づけ始める。あまりの手際の良さに朱夏は思わず見とれてしまった。

「小鉢がないとこれから一品少なくなるな」

洗い物を済ませた辰が口にした言葉に、朱夏は指先の痛みよりも大きなダメージを受けた。

「はい、死神隊長！　いっぱい食べたいので小鉢を買いに行きたいです！」

「一緒に行くか。今週末……て言うても明後日やけどな、行けるやろ？」

どうせ予定はないだろ、と断定されて、図星すぎて朱夏は口を尖らせた。

「また休日に付き合ってもらっちゃっていいの？」

「ええよ。とりあえず、前に行ったショッピングモールでええか？」

頷くと辰の手が伸びてきて、朱夏の頭をわしゃわしゃ撫でた。

「ほな出かけよか」

辰が楽しそうにしている理由がわからないまま、あっという間に週末になった。


さて週末になって、いざ出かけるという段階で、辰は強気な笑みを浮かべた。

「休日の通勤服は今日で卒業や」

「お母さん、これしか持っていません！」

「…………うで」

「なにか言った？」

「今日は朱夏の服も買うで！　豚足が牛スネになるやつ！　つべこべ言うんやったら一週間夕飯なしや！」

「ええええええ！」

「あかん、はよ行かんと」

いきなり辰がぷんすか怒り始めてしまい、朱夏は慌ててサンダルを履くと彼の後ろを追って電車に乗り込んだ。

「勉強したんやろ、雑誌とか読んで。だったらちょっとはこれ着たいとか、オシャレしたいとかなるんやけどな、若者やったら」

「悪かったですね。気持ちが若者に追い付いていなくて」

「まあどうせ、出かける予定もデートも彼氏もおらんし、無駄に服に金つこてもしょーもないいくらいに思ってんのやろ？」

朱夏は押し黙る。

「あーあかんあかん！　気がついたらしわっしわやで？　いざデートの時に着ていく服ないって泣かれても知らんからな」

「……彼氏作んないからいいの」

朱夏の頬が瞬時に辰の手で鷲掴み（わしづか）される。おまけに不機嫌な顔で覗き込まれた。

「彼氏やのうて好きな人でもええ。そうすれば愛だのなんだの学べるし、人間関係も濃ゆくなるしな。色々と悩んだり考えたり思いやったりして――」

「シンのことが好きだから、それじゃダメ？」

「――……はぁ？」

朱夏は辰の手を頬から引きはがし、至極真面目な顔で見つめた。

「好きな人がいればいいんだよね？　だったら私、シンが好きだよ。でも彼氏がいなくちゃダメっていうなら、シンが彼氏になってよ」

「朱夏、なに言うてんねん。頭沸いとんのか？　熱か？」

「沸いてないよ、真面目真面目、大真面目！」

辰はぽかんと口を開けたまま、朱夏を凝視して固まった。

しかし次が降車駅だったことに気がついて、朱夏を引っ張り慌てて電車から降りる。

「――ン、シンってば！」

「ん？」

「速いってば、めっちゃ速い！　なに、なんでそんな怒ってるの？」

言われて辰はやっと、ものすごい早足で駅からショッピングモールまで歩いていたことに気がついたようだ。

「――ごめ……速かったな」

「私の足の短さ舐めないでよね。シンはスタイルいいし足も長いけど、私は平均よりちょっと小さいんだから。その分、足も短いの！」

「なんやその文句……ああまあええわ、ごめんごめん。はよ行こか」

次に速く歩いたら髪の毛むしるからと呟いて、朱夏は辰のＴシャツの裾を掴んだ。

「伸びるやろが」

「置いて行かれたら迷子になっちゃうから」

辰は盛大に眉根を寄せるなり、ため息を吐いて朱夏の手を握った。

「これならええやろ」

問答無用で辰が歩き始めてしまったため、朱夏は子どものように引っ張られながらついて行った。

「お洋服はいいから、小鉢だけ買って帰らない？」

休日なので、ショッピングモールは人が多い。いつかのようにその光景に尻込みした朱夏は泣き言を口走った。

「デート服一着くらい持っとき。特に困るもんでもないやろ？」

「太って着られなくなったらどうするの？」

「アホか。そん時は地獄のランニングダイエットに決まってる」

「運動したらお腹空いてめっちゃ食べちゃいそう……」

だが、さすがに地獄のランニングダイエットは想像したくない。辰のことだからスパルタなのが予想できる上に、きちんと運動しなければご飯抜きにされそうだ。

デート服よりもご飯が少なくなる恐怖に怯えながら上の空で歩いていたので、朱夏は何度も人にぶつかりそうになった。

そのたびに辰に手を引っ張られるのだが、あまりにも朱夏がよたよたしているので、ついに我慢の限界に達したらしく上からキッと睨まれた。

「よたよたせんと、しっかり歩き！」

「うう、ダイエットよりシンのご飯が食べられなくなるほうが嫌で」

「お前、ほんまのアホか……」

辰はしばらく考えたそぶりをしたあと、指を絡めて手を握り直す。さらに腕と身体で朱夏の腕を挟み込んで、離れないようにした。

「ちょ……と、くっつきすぎじゃない？」

「嫌やったら飯のこと考えてへんで、ちゃんと自分で歩き。ほな行くで」

辰にぴったりとくっついているおかげで、人にぶつかることなくスムーズに歩ける。しかし、こそばゆい気持ちになってしまい、服を見る余裕なんてなかった。

そんな朱夏に構わず、辰は朱夏に似合いそうなスカートやブラウスを見つけると、次々と足を止めて提案してくる。

楽しませようとしてくれているのはわかっていたが、未だデートも彼氏も上手くイメージできない朱夏は首をかしげるばかりだ。

しばらくすると辰が大きなため息を吐いて「昼飯食うか」と朱夏を誘う。

「うん！　お腹空いた！」

辰はやっと顔を輝かせた朱夏に、困ったような笑みを浮かべた。

レストランと迷ったが、食べたいものが二人とも違っていたので、フードコートで食事をすることにした。

トンカツと蕎麦のセットを選んだ朱夏は、チャーハンを選んできた辰の前に座る。

すると、待っていましたと言わんばかりに辰が口を開いた。

「あのなあ朱夏……興味ないのはわかんねんけど――」

「だってさ、よく考えてよ」

いただきますと言って、朱夏はソースにからしを混ぜた。

「デートする予定ないし、彼氏いらないし、だったらお洋服も今は必要ないよね？」

「まあそうやねんけど」

「好きな人だっていないもん、シン以外」

その言葉に、辰は飲んでいた水を噴き出しそうになってむせた。

「シンは特別だよ、本当に大好きだし、ずっと一緒にいたい。彼氏とか好きな人を作れって言ってくれてるのも、私のためだってわかってる」

「せやったら」

「でも！　彼氏ができてシンが出ていっちゃうんだったら、私の好きなシンが彼氏になってくれたらいいと思う。それなら、私には彼氏ができるし、シンも出ていかなくて済むよね？」

「ちょお待て、理屈はそうやねんけど……」

「待って、なにこれ美味しい！　トンカツめっちゃ美味しい！　香りがよくってね、しかも衣がサクッてしているのがたまらない……！」

朱夏は口いっぱいにトンカツを頬張りながら、あまりの美味しさに感激してしまった。

「……なんやったんや、今までの神妙な会話は……」

辰が複雑な顔をしていたので、朱夏はびっくりして箸を止めた。

「シン……もしかして揚げたてを一秒でも早く食べたかった？　ごめんね、気づかなくって。真ん中の肉厚なところをあげるから、機嫌直してくれる？」

「………………はあ」

「チャーハンも一口ちょうだい。はい……あれ、食べないの？」

辰はトンカツをつまんだままの朱夏を半眼で睨みつける。ムッとしたまま、朱夏の手首を掴んで引っ張るなり、パクッと口に入れた。

「……美味いな。でも半分でええわ。ごちそおさま」

辰もチャーハンをレンゲによそうと、ニヤリと笑う。

「ほら、口開けろ」

「いいよ、自分で食べられるから」

「つべこべ言うてるとあげへんで」

「それはダメ！」

朱夏が仕方なく口を開けて身を乗り出すと、レンゲにてんこ盛りにしたチャーハンが口の中に詰め込まれる。

「んっ！　おいひい！　でも、シンのご飯のほうが美味しい！」

「せや、入ってるもんがちゃうからな」

「調味料？　新鮮な具材？」

「当てたら好きなもんでフルコース作ったるわ」

「わかった、愛情！」

辰は思わず口をぽかんと開けて、それからぽりぽり頭を掻いた。

「……正解。しゃあない。今度、フルコースな」

「やったー！　あのね、メインはお魚とお肉、両方食べたい」

「欲張りやな。まあええわ」

朱夏が楽しそうにするのを見て、辰はこれ以上おせっかいなことを言うのはストップすることに決めたようだ。

結局服を一着も買わないまま、小鉢だけ購入して帰宅した。時刻はまだ十五時を少し回ったところだ。

家に到着して一息ついたところで、辰に緊急の呼び出しがかかった。

「あーっと、あかんやつやなこれは。俺が行かんとまずい……二時間くらいで終わんねんけど」

夕飯の準備に取りかかろうとしていたところだったので、辰は包丁とまな板の前で腕組みした。

「私が作っておくよ」

「ええんか?」

「うん、お仕事行ってきてよ。二時間後に食べられるように待ってる」

——チャリーン。

音が盛大に鳴ったのを聞いて、わかったと辰は頷く。

「それやったら頼むわ」

「任せなさい!」

辰はエプロンを外すと二階に上がって行った。見送ってから朱夏は料理の準備に取りかかる。

「いつも作ってもらっている分、感謝の気持ちを込めて……」

かといって、辰のように手の込んだものは作れない。そこで朱夏は、時間がない時によく作っていた電子レンジを使った料理に決める。

「喜んでくれるといいな」

辰が笑顔になってくれるよう、朱夏は下準備を始めた。

〈本日の晩ご飯〉
簡単！　レンチン鶏肉バター醤油炒め
オクラとなめこの味噌汁
水菜サラダ

ちょうど料理が出来上がったタイミングで、辰が帰宅した。

「お疲れさま。グッドタイミングだね！　座って待ってて。もうできるから」

着替えを済ませた辰は、着席して朱夏の料理を興味津々で見つめた。

「よし、食べよう。いただきます！」

「どおぞ……って、今日は俺が言われるほうやな」

辰は顔をほころばせる。

「ありがとおな」

「これ簡単だから、忙しい時によく作ってたの」

カットした鶏胸肉を調味料につけておき、バターを加えてレンジで加熱するだけだ。

辰は「へえ」と頷くと、鶏肉をぱくっと食べた。

「おお、美味いなあ」

下処理の際、フォークでぶすぶす肉を刺しておいたので、パサつきがちな胸肉がぷりぷりしていて柔らかくジューシーだ。さらにバターの風味が醤油と合わさって、極上の香りをかもしだしている。

簡単だったとしても、ちょっとしたひと手間や愛情を込めれば、料理は各段に美味しくなる。そして、一緒に食べる人がいればなお最高だ。

「……うん、久しぶりに作ったけどイケてる！　シンみたいに上手じゃないけど」

「そんなことないで。よお考えたやないの」

美味しそうに辰が食べてくれるので、朱夏は大満足だ。

一人の時は誰かに手料理を振る舞うなんて考えたこともなかったので、食べてくれる人がいるだけで嬉しい。

美味しいと一言言ってくれるだけで、笑顔になってくれるだけで幸せだ。朱夏が喜んでいると、チャリーンと音が鳴った。

「うん、こんな日常が一番だね」

「せやな」

朱夏の時短料理は大好評で、あっという間に食べ終わってしまった。

素早く洗い物を終えた彼は、コーヒーを飲みながら読書を始める。その横で、朱夏は買ってきた小鉢をテーブルに出して写真を撮った。

「ほんといい柄。可愛いし、安っぽくないし……たくさんお料理入れてもらわなきゃ」

「食べ終わったばっかりやのに、次の食事のことよく考えられるなぁ」

「シンのご飯美味しいもん、大好きだよ」

「飯が？　俺のことが？」

辰にからかうように訊かれて、朱夏は真面目に考えた。

「どっちもだよ」

なにか言いかけた辰は、渋面で口をつぐんだ。

「シンが好きだから、彼氏になってくれたらいいのに」

「それやったら俺が出ていかんで済むってやつやな。彼氏とちゃうけど、どこにも行かへんで」

「ほんとに？　絶対だよ」

朱夏は小鉢を置くと、ソファに飛び乗って辰の顔を横からずずいと覗き込んだ。

「やっぱり、シンが大好きだし彼氏になってもらいたいな。それなら、無理に好きな人を見つけなくてもよくなるよ。彼氏作れって言われなくなるし、心配かけなくて済むし」

辰はムッとしたあとに、本をパタンと閉じる。そのまま朱夏を引き寄せて頬に手が添えられた。

「あのなあ……」

覗き込んできた辰の顔が極限まで近づいてきて、唇が触れる寸前で止まる。

驚きのあまり、朱夏の身体はカチンコチンに固まってしまった。

そんな朱夏の様子に気づいているはずなのに、それでも辰は距離を離そうとしない。

「……彼氏はな、こういうことするんやで。朱夏と俺は、こういうのとちゃうやろ？」

間近にある辰の瞳が、複雑に揺れているのが見える。

「よお考えて」

大きくため息を吐くと、辰は朱夏の唇に親指を押し当ててから解放する。

朱夏はソファの上でへたり込み、熱くなった顔を両手で覆った。

「ごめん……お風呂入ってくる」

「はいよ」

リビングを出ていく朱夏を見送って、辰はやってしまったと髪を掻き上げる。

「……俺もアホやな。脳みそお豆腐ハンバーグになってもーた」

辰はソファで脱力したまま、しばらく目を閉じていた。

レシピ18　ゴーヤチャンプルー

風呂上がりの朱夏に普段通りに接しようとしたが、ギョッとした顔をされてしまって辰は参った。

すぐに自室に入ってしまった朱夏は、翌朝になっても不安そうな目で辰を見てくる。

そうして、話しかけても戸惑いを隠せない顔をされる日々が続いていた。

今までとは大違いの朱夏のよそよそしい態度に、全部自分が悪いとわかってはいるものの、辰は後悔の気持ちでいっぱいだった。

「……アホやな、どうやってもアホや」

「そうそう、アホですなあ。死神の辰さん」

辰がぶつぶつ言いながら事務作業を鬼のような速さでこなしていると、のんびりした声が聞こえてくる。

いつの間に来ていたのか、隣に座った暁がしたり顔で辰を見ていた。

「あれ⁉　僕がアホって言ってるのに怒らない！　これは相当なダメージがあったとみた！」

「…………うるさい暁。あっち行けや。俺は機嫌が悪いねん」

「それは言われなくてもわかるし、すごい殺気立ってて他の死神たち怖がってるよ」

「知るか」

しかし暁にニヤニヤされて、辰は手を止めた。

「怖すぎてメモも渡せないから、代わりに渡してほしいって。僕にまで苦情が来てるんだけど」

暁は紙をトランプのようにずらりと広げた。辰が眉根を寄せると、暁はメモの束をデスクに置いて、ふうと息を吐いて覗き込んでくる。

「で。朱夏ちゃんに肩入れしすぎたとか言っていたわりに、やっていることなんか違くない？　お姑さんなの、おせっかいなの、バカなのアホなの、それでも死神？」

「お前……いらん悪口二つ、前後の言葉に上手く挟んで言いよって」

朱夏の名前を出されて、辰は険しい顔のまま背もたれに身体を預けて腕を組んだ。

「っていうか、なにをこじらせてるの？　辰の大人げなさったら」

「……すまん」

「僕に謝ったって意味ないでしょ。言っておくけど辰が全部悪い。朱夏ちゃんに恋とはなにかをわからせたいのも、成長してもらいたいと願う気持ちもわかるけど……でも、いきなり迫るなんてあんまりだ。とっとと仲直りしなよね」

「……わかっとる」

「っていうかさ、いいじゃん、彼氏になっちゃえば。彼女も望んでいるんだから」

「ありえへん」

「そう？」

間髪(かんはつ)を容(い)れない暁の切り返しに、辰は固まる。

「規定にダメって書いてないよ。それに、もし他の人と朱夏ちゃんが結ばれたら、僕の部署まで辰の不機嫌なオーラが押し寄せてくるのが目に見えるよ。だから、もうさっさと――」

「あーもーうるさいな」

　わかってんねん、と辰は呟く。

「自分がどーしょうもないアホってことは」

「わかってたんだ。僕はてっきり自分のアホさ加減にも気がつかないバカかと……痛い痛い痛い、つねんないで！」

　辰は暁から手を離した。

「家族とはちがうけど、見守りたいし、一緒におりたいねん。せやから俺と付き合うのはなんかちゃうやろ。俺はただ、朱夏が笑って幸せで飯美味(うま)いって毎日過ごしてほしい。それだけやねんけどな」

　暁は辰に思い切りつねられた頬をさすりながら苦笑した。

「大事な人ってなかなか現れないし、なろうと思ってなれるもんじゃないよ。彼氏であろうとなかろうと、どんな形であれ、辰が朱夏ちゃんにとっての大事な人であり続ければいいんじゃない？」

辰は「せやな」と呟くと、渡されたメモを一瞥して、また仕事に取りかかる。暁はその姿を見ながら、微笑んでそっと席を離れた。

——しかし。

集中しすぎたあまり、辰は光の速さで仕事を終わらせてしまった。

「あかんやん、俺。事務仕事は神がかって優秀すぎやな。帰るか」

有り余りすぎて使い道のない有休を半日消化することにし、辰は朱夏の家に帰ることにした。

朱夏にちゃんと謝ろうと決めてきたのだが、また戸惑った目で見られて、よそよそしくされたら正直しんどい。

憂鬱になる気持ちを紛らわすように、できていなかった細かい箇所の掃除をすることにした。

まずはレンジを、続いてキッチンのシンクを磨き上げているうちに、辰はだんだん気分が良くなってくる。

ピカピカになったシンクを見て、よしよしと頷いているうちに正気に戻った。

「……なにやってんねん。主夫か、俺は」

だがすでにお掃除モードのスイッチが入ってしまい、布団を干して、家中に掃除機をかけてきれいにした。

家事を終えて、さて夕飯はどうするかと一息ついた時、ピンポーンとチャイムが鳴る。

「宅配か？　頼んでへんけど……」

カメラの映像を見ると、玄関に立っていたのは虎徹だった。辰はすぐに扉を開ける。

「よお虎徹。どおしたん？」

「こんにちは。よかった、辰さんがいて」

駐車場に停めた車から虎徹が取り出してきたのは、パンパンになるまで袋に詰められたゴーヤだ。それを爽（さわ）やかな笑顔で差し出してきたので、辰は思わず受け取ってしまう。

「どうしてん、これ……というか、ヤクザにゴーヤって似合わへんな」

「うちの庭で穫れたものだ。よかったらもらってほしい。無農薬だから」

「こんな大量に？」

「庭というか、土地が余っているから畑にしている。今年は豊作すぎて困ってて。夕飯をごちそうになった礼をしていなかったので、こんなもので申し訳ないが」

辰なら喜ぶだろうと思って持ってきてくれたのだろう。

「いや、ええよ。無農薬やし穫れたて新鮮なのは嬉しい……ってなに帰ろうとしてんねん？　せっかちやなあ。上がってき、茶くらい出したるわ。外めっちゃ暑いやろ」

長袖の虎徹を見て辰は眉根を寄せる。すると虎徹は苦笑いのあと頷いた。

「お邪魔します」

「どおぞ」

冷たい麦茶を出すと、虎徹はありがたくそれを飲み干した。辰も休憩ついでに座って、水ようかんを二人で黙々と食す。

「それにしてもめっちゃ暑いわ。麦茶がぶ飲みせんと干からびるわ」

「辰さん、仕事は？」

「休んだ。総務がうるさいからたまってる有休使ったったわ。半日も消化したから、半年はなんも言われへんやろ」

「会社員みたいだな」

「社畜や社畜。だいたいな、朱夏みたいなやつを管理せなあかんて、知らんかったで？　でも安心しい。生きてる人間にはめちゃくちゃ優しいねんで、天国は」

虎徹が「朱夏みたいな」というところで首をかしげる。

「あー……まあ、自殺しようとしてる奴やな。あいつの場合はもう過去やけど」

「やっぱり、命を絶とうとしていたんだな。借金苦で？」

肩をすくめてから、辰は冷凍庫から取り出した棒アイスを虎徹に渡す。

「すまなかったな、こちらの手違いで迷惑をかけて。でも、門宮さんが生きててくれてよかった」

「もう終わったことやし、朱夏も気にしてへんから……虎徹、丁度ええわ、晩飯食べてき。虎徹のとこのゴーヤやけど」

虎徹は一瞬きょとんとしてから、困ったような笑顔になる。

「門宮さんと、なにかあったんだね？」

「今ちょっと気まずいねん。俺がアホでな」

「じゃあ、たくさんごちそうになるとしよう」

「悪いな。迷惑ついでにゴーヤの下処理も手伝ってくれへん？」

虎徹は笑いながら承諾してくれた。

＊

辰に彼氏とはこういうことをするのだと牽制(けんせい)されてから、朱夏は気まずい思いがぬぐいきれない。

（あんなシン初めて見た……）

いつもと違う辰の表情が忘れられない。

たしかに、彼氏と親密になるのは知識としては知っている。だが、知識と現実は別だ。

驚きすぎて言葉も出なかったし、いきなりすぎてちっとも頭が追い付かなかった。辰にどう接していいのかわからなくなって、丸二日経つ……

とりあえず朱夏は、自分の考えが甘かったのを自覚した。

あれ以来、男性として辰のことを意識してしまって、思い出すだけでも心臓がバクバクしてしまう。同時に、これまでの自分の言動を恥ずかしく思ったのも事実だ。

謝るべきかどうかさえわからないまま、結果、ずっとモヤモヤが続いている。

「ああもう、どうしようかな……どんな顔すればいいんだろ」

朱夏は悶々とした状態で仕事を終えて帰路についた。家に帰るのがこんなに気まずいのは、辰と一緒に暮らして以来初めてだ。

ため息しか出ないが、朱夏のお腹の虫は夕飯を求めてぐるぐる鳴り始めている。どうしてこう我慢がきかないんだと、朱夏はトホホな気持ちだった。

辰のことは無条件で大好きだ。しかし、家族としてなのか面倒見のいいパートナーとしてなのか、それとも異性として好きなのか、その区別がつかない。

とぼとぼ歩いていると、家の前に驚くような高級な車が停まっていた。朱夏はそれを見るなり、ピンとくる。

「……虎徹さんが来ているんだ！」

辰と二人きりだと気まずいが、他の人がいるなら多少気持ちも落ち着くはずだ。

「ただいまー」

家に入るなりいい匂いが漂ってくる。朱夏はパッと顔を輝かせて、急いでキッチンに向かった。

「ただいま、シン、虎徹さん！　今日の晩ご飯なあに？」

キッチンに立つ強面なエプロン男子二人を視界に入れるなり、朱夏は嬉しくなって笑顔がこぼれた。

「門宮さん、勝手にお邪魔しているよ。今日はゴーヤチャンプルーだそうだ」

「ええええっ！　ゴーヤって苦くないですか⁉」

楽しみにしていた夕食が、まさかの苦手食材で朱夏は気落ちする。するとすかさず、辰が眉毛を吊り上げた。

「朱夏。さっさと手洗ってうがいしてきい」

辰のいつもの小姑の勢いにホッとしたのも束の間、口を開いた彼の言葉は止まらなかった。

「虎徹の家で作った無農薬のゴーヤやで？　これを、あーんな仰々しい車でわざわざ届けてくれたのに、文句言うなら夕飯朝食弁当なし！」

「え、家庭菜園⁉　無農薬⁉　なにそれ絶対美味しい……あ、お腹鳴った、すぐ食べる準備する！」

すっ飛んで行った朱夏を見て、虎徹はクスクス笑いだし、辰はしょうもないなと肩を落とす。

「いつ来ても楽しいな、この家は」

「腹ペコのアホが一匹おるからな、毎日幸せや」

「それで、いつも通りに戻ったかな？」

「ああ、まあ……せやな」

辰の安心したような横顔を見て、虎徹はさらに笑みを深めた。

〈本日の晩ご飯〉
豆腐たっぷりゴーヤチャンプルー
ツナとキュウリのサラダ
玉ネギのスープ

「いただきます！」

「どおぞ」

ほわんと湯気の立つゴーヤチャンプルーを前に、朱夏は思い切り鼻からうまみを吸い込んだ。

「香りだけでご飯三杯食べられそう」

「んなことせんでええから、はよ食べ」

箸でほんの少しすくい上げ、恐る恐る口に入れる。よく咀嚼してから、朱夏はピタッと動きを止めた。

「すごい、苦くない……めっちゃ美味しい！」

もう一度口に入れて、あまりの美味しさに噛むのを止められなくなってしまった。

「最後ちょっとだけ苦味があるけど、それがまた美味しい。これは魔法なの、どうしてなの？」

「……食べるかしゃべるかどっちかにしい。こぼすで」

朱夏は迷わず食べるを選択した。美味しいご飯は、温かいうちにたっぷりお腹に詰め込みたい派だ。

「ちゃんと下処理すれば、ゴーヤはそんなに苦ないねん。しかも、虎徹のところの穫れたて無農薬ってのもええんやろな。ホクホク肉厚で美味いもん」

「うん、美味しい……ほんと美味しい、幸せ。ありがとう、シンも、虎徹さんも」

――チャリーン。

ちゃんとお礼が言えたことで天国貯金の貯まる音が聞こえてくる。朱夏は辰をちらりと見やった。

辰は朱夏の言いたいことと視線に気がついたようだ。

「――ただのアホ面やん」

「えへへ……」

虎徹は二人の様子が微笑ましくて、ついつい笑ってしまった。

朱夏が食後の片づけをしていると、虎徹が横にやってきた。

「手伝おうか？」

「ゆっくりしていてください。ゴーヤめっちゃ美味しかったです、ありがとうございます」

お辞儀をしたところで、ソファで一休みしていた辰の身体がビクンと跳ね上がった。

慌ててポケットから携帯電話を取り出し、ディスプレイを見るなり怖い顔になる。

「うわー……すまん、電話出るわ」

辰があまりにも嫌そうな顔をしているので、朱夏は蛇口の水を止めてうるさくないようにした。

「はあ？　有休使え使えうるさいから使ったんや。なんで文句言われなあかんねん……知るかボケ、わかったらはよ処理しとけ。明日地獄までどつき回されたいんやったら話は別……察しが早いなあ。ほなよろしく頼むで」

あまりにも不穏な口調なので、朱夏は冷や汗をかきそうになった。

「虎徹さん。死神のほうがヤクザっぽいと思うの私だけですかね？」

「あの脅し方は手慣れているな」

「……ってはあ？　おいこらちょお待てや、なんでそうなってんねん！」

いきなり辰の声量が上がり、みるみる額に青筋が浮かび上がる。イラつきながら携帯電話を握りしめ、二階に上がって行ってしまった。

「声が大きいしハスキーだから、怒っていなくても怒ってるみたいなのに」

階段を上がっている間も怒鳴り声が聞こえてきて、朱夏は苦笑いをした。

「門宮さん、辰さんと喧嘩かなんかしたんでしょう？」

図星を突かれて朱夏が反応に困っていると、虎徹は目元を優しく緩ませた。

「あの人の言動は、おせっかいがややこしくなっただけだと思うよ。君のことをずいぶん大事に思っているみたいだから」

「虎徹さん、エスパーですか？」

訊ねると虎徹は笑って首を振る。

「人のことを見てるとなんとなくわかるんだ。それに、この家は居心地がいい、また遊びに来てもいいかな？」

「もちろんです、虎徹さんがいると楽しいし！」

洗い物が済んだ頃、辰が相当怒った顔をしながらキッチンに戻ってくる。彼の登場を確認したところで、虎徹が席を立った。

「虎徹帰るんか。もう少しゆっくりしてってもええやん」

「また来るよ。今度はナスでも持って来よう」

「麻婆ナスに煮びたし、それからチーズ載せて焼いても美味いし、ようさん頼むで」

虎徹は手を挙げて微笑みながら去っていく。

朱夏も玄関先で手を振って別れたところで、急に辰と二人きりになってしまって一瞬緊張した。

それは辰も同じだったようで、ポリポリ頭を掻くと朱夏に向かって首をかしげる。

「……朱夏、ババロア食べるか？」

「シンが作ったの？」

まあなと言われて、朱夏は辰の手をぎゅっと握った。

「うん、食べたい」

二人で手を繋ぎながらキッチンに戻ると、昼間に作っておいたババロアを辰が冷蔵庫から出してくる。

紅茶を淹れてから、スプーンで一口すくって食べようとして朱夏は手を止めた。

「あのね、シン……ごめんんね。シンがいなくなっちゃうのが嫌で、その気持ちばっかり先走っちゃった」

「俺も悪い。朱夏が謝ることやないで」

朱夏は横に置いてあった鞄から、あるものを出して辰に渡す。

それは、ドリップコーヒーのプチギフトだ。

「なんやこれ、わざわざ俺に？」

「コーヒー好きでしょ。仲直りにと思って買ってたんだけど、ずっと渡せなかったの」

――チャリーン。

澄んだ音色が聞こえて、朱夏はホッとした。

可愛いラッピングが施されたギフトを、辰はまじまじと見つめてからふと微笑んだ。

「ありがとお」

辰のいつも通りの笑顔が見られて、朱夏の胸のモヤモヤが消えていく。

「また私と、今まで通り仲良くしてほしいな」

「ああ、もちろん」

「シンの作ったご飯、お腹が弾けるくらい、いっぱい食べたい」

「……お目当てはそれやな？」

違う違うと慌てて手を振ったが、目が泳いでしまう。すると辰にコツンと頭を優しく小突かれ、あっという間にぎゅっと抱きしめられた。

子どもをあやすようにそっと背中をトントンとされると、心地好い温もりに安心を覚える。

二日前のような気まずさもなく、朱夏は辰の胸にしばらく身体を預けた。

「これからもよろしくな」

「うん、よろしくお願いします！」

二人で食べた仲直りのババロアは、上に載ったグレープフルーツのジュレが甘苦い。

朱夏にとって、ちょっぴり大人の味だった。

第五章

レシピ19　ココア

その日、同僚が両手を合わせて朱夏に頭を下げてきた。

「はい⁉　合コン⁉　誰が、私が？　なんで、どうして？」

「人数合わせに……門宮さん、お願いできない？」

宇宙人と会話をしているような感覚になってしまい、朱夏はぽかんとしてしまった。

「幹事一人分の飲み代が無料だから、それを門宮さんに回すね。ということで参加費はいらないし、ね、お願い」

「……合コンって行ったことないんだけど」

「相手が五人で、人数合わないならまた次回って言われちゃってるの。けど、どうしても連絡先を知りたい人が参加するから、協力してほしい」

「うーん。だけど同居人になんて言われるか」

精一杯の断り文句のつもりだったが、同僚は困ったように首をかしげた。

「その人は彼氏じゃないんでしょ？　だったら夜ご飯いらないって言えばいいと思うよ。人助けだと思ってお願い。私、明日の合コンに賭けてるの！」

人助けと言われてしまい、結局断れなくて朱夏は承諾した。

すると、チャリーンと貯金が貯まる音が聞こえて、やる気が湧いてくる。

場所は会社から近いそうなので、終わったらすぐに帰ればいいとのんきに思っていた。

「――というわけで、合コンというものに参加することになったよ」

帰宅した朱夏から話を聞きながら、辰は「ふうん」と顎（あご）を撫でている。

「明日の合コンに全神経そそぐって、めちゃくちゃ意気込んでいたから」

「へえ。それは協力したったらええ。なら晩飯いらんな」

「うん。明日の晩ご飯の予定……やっぱりいいや、聞いたら行きたくなるし」

苦笑いをしながら、辰は朱夏の頭をポンポン撫でる。

「たまには外で美味（うま）いもん食べてきたらええよ。家の食事ばっかりやと飽きるしな」

「そんなことないよ！　シンのお料理美味（おい）しいし、楽しいから」

「それは嬉しいな。遅くなるなら迎えに行くし、ちゃんと連絡してや」

最寄り駅から家までそれほど遠くないが、たしかに夜遅く帰宅するのは少し怖い。

朱夏はもしそうなったら辰を頼ろうと思い、店の情報を伝えた。

「二時間無料の飲み放題コースだって」

「ほんまに朱夏の会社から近い場所やなあ」

「参加費無料は嬉しいけど……シンのご飯を逃すのは惜しいし……でもそんな気持ちで行ったら失礼だよね。いっぱい食べてくる」

「まーええけどな、あんまりいつものアホ面しとると、男引くんちゃう？」

「美味しいものに罪はないよ」

おかしな返しとともに意気込んでいる朱夏の耳に、チャリーンと音が鳴る。辰ははあ、とため息にも似た息を吐いた。

「……せやな。協力する言うたんやから、最後までちゃんとしてきたらええ」

「シンはどうするの？」

「ゆっくりしてるし心配いらんよ」

せっかくの人助けなのだから頑張ろうと、朱夏は両手を握りしめて頷く。

「ところで朱夏……合コンって意味わかってる？」

「うん。みんなでご飯を食べに行って、好きな人を見つけるんだよね」

「珍しく間違うてへんとか、明日とんでもないことが起きる前触れやな」

からかわれてしまい、朱夏は辰の腕をポカスカ叩いたのだった。

翌日の仕事終わり、朱夏はいつもより数段機嫌のいい同僚とともに生まれて初めての合コンに参加した。

今までこういった経験をしてこなかったから、本当は内心ドキドキしている。

（余裕もなかったたし、人付き合いはお金がかかるから回避していたけど……）

嬉しそうな同僚を見ると、それだけで来てよかったと思う。

何度もお礼を言われて、なんだか朱夏のほうが恐縮してしまうくらいだ。きっと楽しいおしゃべりと食事が待っているとワクワクしていた。

「乾杯！」という威勢のいい声にグラスを掲げたが、朱夏は一人だけノンアルコールカクテルだ。

それは甘くて美味(おい)しかったが、よかったのはそこまでだった……。

自己紹介が始まったところで、早々に朱夏は固まる。目の前に美味(おい)しそうな料理が次々と運ばれてくるのに、手をつけられないまま自己紹介が終わるのを待つのは苦痛だった。

特に揚げ物はあつあつが美味(おい)しいのに、と思っていると幹事から名前を呼ばれる。

「……え、はいっ⁉」

料理に注目していてまったく聞いていなかったため、朱夏は素(す)っ頓狂(とんきょう)な声を出してしまった。

「自己紹介だよ。名前と年齢と趣味言って」

はす向かいに座る同僚からひそひそ声で言われて、朱夏は手短に名前と年齢を伝える。

「趣味は……食べることです」

よろしくと頭を下げて、現時点で仕事よりも疲れていることに気がついた。しかしこれから始まるのだから、と気合を入れ直す。

そしてやっと全員の自己紹介が終わって、お待ちかねの食事の時間がやってきた。

気の利く同僚の二人が、目の前の料理を次々と取り皿に取り分けてくれる。

ありがたく食器を受け取ったところで、いきなりあちこちで始まる談笑に朱夏は思い切り面食らってしまった。

（合コンって、こんな感じなんだ……！）

一人だけお酒を飲んでいないのも相まって、まったくノリについていけない。

みんなおしゃべりとお酒に夢中で、料理にはほとんど手が付けられていなかった。

もったいなく感じたので、朱夏は食べることに集中しながら、会話を聞いて適当に相槌を打ち時間をやり過ごしていた。

（ほんとに、これで私は役に立てているのかな？）

心配になって、周りをきょろきょろ見回す。

朱夏を誘った同僚はお目当ての人の隣に座れたようで、朱夏の視線に気がつくとニコッと微笑んでくれた。

チャリーンという音が聞こえてきて、朱夏はやっと気持ちが落ち着く。

人助けができたのだと思うと感慨深い。ついいつものように辰と顔を見合わせようしたが、そこにいたのは別の人だった。

嬉しいことがあった時、一番にそれを伝えたいと思い浮かべるのは辰の顔だ。彼のことを考えていたら、朱夏は箸が止まってしまう。

(……やっぱり、シンとおしゃべりしながら一緒にご飯が食べたいな)

みんながお互いを知ろうと探り合っている空間だからなのか、妙にソワソワ落ち着かずゆっくり食事を楽しめない。

(帰ったら、シンになにか作ってもらおうかな?)

辰の手料理は愛情入りだと、いつか彼が言っていたのを思い出す。

同じ食事の時間なのに、辰と一緒の時との差を感じてしまった途端、目の前の食べ物から味がしなくなったように思えた。

気がつけばみんなの会話に軽く頷くだけで、朱夏はほとんど口を開いていない。会話をしたいと思う相手もおらず、聞いてほしい出来事も思い浮かばなかった。

そうしているうちに、いつの間にか男性陣が席を入れ替え始める。各々が好きなように移動したり話をしたりしていた。

　出された料理はそっちのけで、お皿にはまだたくさんの食べ物が残っている。参加者たちは会話に集中しているようで、手が付けられていない皿だけが増えていく。

　朱夏は自分の取り皿に料理を盛り付け、せっせと口に運んだ。

「――門宮さんだっけ？　今日はタイプの人はいなかったの？」

　冷めてしまった春巻きに手を伸ばしていると、男性が一人やってきて朱夏の隣に座った。

「そもそも私、人数合わせで来ただけなんです」

　素直に参加理由を述べると、男性は納得したように苦笑いした。

「じゃあつまんないから、いっぱい食べちゃうよね」

「そういうわけじゃないですけど……食べないともったいないですし」

「ほんとに食べるのが好きなんだね」

　冗談まじりのつもりなのか、背中をトンと叩かれて朱夏はびっくりした。思わずすすと距離をとって、唐揚げに手を伸ばす。

　しかし、朱夏がかわしたのを恥じらいと思ったのか、男性はさらに近寄ってきて「ちょっと話そうよ」と手をつついてくる。

　なんだかそれが嫌で、朱夏は戸惑った。

「門宮さんは彼氏とかいるの？」

同僚に助けを求めようとしたところで、みんないい雰囲気になっていることに気づいた。さすがに今この場で助けてとは言えない。

「あ、あの、ちょっとお手洗い……！」

慌てて立ち上がると、携帯電話を持って席から離れた。化粧室の手前で近くに人がいないのを確認すると、朱夏は震えながら電話をかける。

「もしもしシン⁉　なんか無理、ちょっと無理だった！」

『――はあ？　どおしたそんな慌てて。そんなおもろくなかったんか？』

「そーゆーんじゃなくてね。よくわかんないけど、気安く触ってくる男の人がいるし、話も楽しくないし」

『触……？　なんやて？』

「ご飯も美味しく食べられない……シン、帰りたいよ……」

そこまで言うと、朱夏は泣きそうになってぎゅっと唇を噛みしめた。朱夏の異変に気がついたのか、今度は辰が慌てたような声を出す。

『おいこら、泣くな。今行くから待ってて。触ってくるアホからは離れて座っとき。あとで塩かけるか、寿命ごっそり取ったるわ』

「……それ、シンが言うと冗談にならない」

『なにを真面目にツッコんでんねん！　ほな二十分で行くから幹事に帰るって言うとけよ！』

言うや否(いな)やぶつっと通話が切れてしまう。

「えっ⁉　ちょっと待っ――切れちゃった……」

来てくれるのは嬉しいが、それまでの間が心細くて泣きそうになってしまった。

座席に戻るのが嫌で、その場でぐずぐずしていると、先ほどの男性が朱夏の帰りが遅いのを心配して見に来た。

「大丈夫？　もう終わりだし、みんないい感じだから席に戻ろうよ」

断ることもできず、朱夏は素直にテーブルに戻った。

席に着くと、たしかにみんな話が弾んでいる様子だ。申し訳ないとは思いつつ、朱夏は幹事に近寄ると帰りたい旨を耳打ちした。

「門宮さんのこと気に入った人がいて……ほら、今来た人。あの人だけひとりにさせるのも悪いし、もう少しだけ待てない？　あと三十分で終わるから」

「お迎え頼んじゃって、二十分で来るって」

「ちょっとだけだから、我慢してくれない？　二次会は来なくても大丈夫だからさ」

「でもあの人なんだか怖くて」

「そう？　普通にかっこいいよ。若手のやり手営業マンさんだし、彼氏にしておくにはちょうどいいと思うけど。まあそこは任せるけど、門宮さんお願い、ね？」

　場の雰囲気を壊すのは申し訳ないし、もう少しで終わりなら頑張ろうと、朱夏は仕方なく自分の席に座る。料理はまだ残っているのに、とっくに食欲は失せていた。

「大丈夫？　具合悪い？」

　着座するなり、先ほどの男性が朱夏に話しかけてきた。心配してくれているのは本当のようだが、距離感が近すぎてなんとも言えない気分になる。

「平気なら一次会で抜けようよ。門宮さんと二人でもっと話したいなって思ってて」

「あっと……迎え頼んじゃったんで」

「断ってほしいな。ちゃんと俺が送って行くし」

　いいじゃん、とニコニコ微笑まれて、またもや朱夏に手が伸びてくる。

　全身の毛がぞわりと逆立ちそうになった時、その手首を後ろから伸びてきた誰かの手が思いっきり掴んだ。

「朱夏、このドアホ！　離れて座れ言うたやろ！」

　突然現れた辰に、男性はなにが起きたのかわからず目を白黒させた。

　辰のハスキーな怒声に、会話を楽しんでいた面々が何事だとこちらに注目してくる。

「――シン！」

「帰るで」

朱夏が立ち上がるなり、辰は営業マンの手を解放して朱夏を抱き寄せた。横に置いてあった朱夏の鞄を引っ掴むと、彼にキツイ睨み（にら）をお見舞いする。

「すんません。門限なんで帰らせてもらいます」

誰もが唖然として声も出せないまま固まっている。

ぽかんとした面々を残して、朱夏は辰に手を引っ張られながらその場から離れた。

我慢できず空気を壊してしまったお詫びをしなくちゃと思うけれど、朱夏は怖さのあまり辰の手にしがみついていた。

辰は足早に雑踏を抜け駅に向かっている。駅の明るさが目に入ると朱夏も落ち着いてきて、ちょうどホームに入って来た電車に乗り込んだ。

「こら朱夏。泣くなって、俺が泣かしたみたいやん」

「うん、ごめん」

朱夏は電車に乗り込むなり安堵して、辰にしがみついて泣いてしまった。

「ほら……ってあもう、なんで俺のTシャツで拭いてんねん！　しかも鼻水！」

「ごめん……私が洗うから」

くっついた身体から伝わる辰の体温が心地好く、背中をポンポンされても嫌な気持ちにはならない。

「……もう行かない。ご飯楽しくなかったし怖かった。シンのご飯のほうが美味（おい）しいし一緒にいて楽しい」

話を聞きながら、辰は朱夏の頭をよしよしと撫でる。帰宅するまでずっと朱夏は泣き続け、家に帰ってもソファに座り込んで洟をすすっていた。

「朱夏。とりあえず風呂。沸かしてあるからはよ入り」

「うん……ありがと」

バスルームによたよた歩きながら消えていく朱夏の後ろ姿を、辰はなんとも言えない複雑な表情で見送った。

「……まあ、頑張ったってことでええか」

朱夏がお風呂から出てくるまで、辰はリビングで待ってくれていた。

「こーらー！　まだ髪の毛濡れてるやん！」

怒声とともにバスルームに送り返されるかと思ったら、辰は大きなため息を吐くとソファに座るよう朱夏に指示する。

すぐにドライヤーを持って現れ、朱夏の髪の毛を乾かし始めた。

「ちゃんと乾かさな風邪引くで……ああもう、聞いてへんな」

朱夏はドライヤーをあてでもらいながら、遠くを見てぼうっとしていた。未だに、合コンで受けた精神的なダメージが響いている。

気持ちは落ち着いてきたが、しばらくは眠れなそうだ。ソファの上でぐったりしていると、辰がキッチンに向かうのが視界の端に入る。

しばらくすると、甘い匂いが漂ってきた。


〈本日のお飲み物〉

蜂蜜入りホットココア

「――ほら朱夏、これ飲んで。身体あったためて寝や」

ちょうどいい温度に温められたココアは、ふわっと柔らかな湯気を立てている。

「……いただきます」

「どおぞ」

まだ少し熱そうなそれに息を吹きかけた朱夏は、一口飲んで目を輝かせた。

「甘くて美味しい」

「せやろ。牛乳入れてよく粉こねて蜂蜜入れてん。身体もあったまるし、ぐっすり寝れるで。まあ……今日はお疲れさん」

辰は朱夏の隣に座り、頭をポンポンして労ってくれる。寄りかかってみると、辰は嫌がる様子もなくさらに頭を優しく撫でてくれた。

（シンとくっつくのは、安心するなぁ）

飲み終わったあともしばらく身体を離さないままでいると、気持ちがだんだん落ち着いてきてようやく睡魔がやってきた。

「眠れそうか？　ほな上行くか？」

「一緒に寝たい」

「——はあ？」

「やっぱりダメだよね」

「子どもやな——……」

いねんから、と続けようとしたであろう辰は、ぐっと言葉を呑み込んだ様子だ。

「待っとれ」と言うと、二階から敷布団を二つ持ってきてリビングに並べて敷く。

「はよ寝よ。こっち来て」

「いいの？」

急かされたので急いで布団に寝そべると、辰はブランケットをかけて電気を消す。

「シン、おやすみ。今日はありがとう」

「おやすみ」

朱夏が手を伸ばすと、辰は苦笑いしながら握ってくれる。

「今日だけやからな」

「わかってるよ。子どもじゃないんだから、一人で寝られるってば」

「お前、どの口が言うてんねん！」

頬をつねられると、痛みよりも安心感で心が満たされる。他の人は嫌だけど、辰とだったら触れ合うのもくっつくのも嫌じゃなかった。

辰の手は冷たくて気持ちがいい。そのうちに眠気が勝って、朱夏は深い眠りに落ちていった。


そうして、月曜日。

気まずい思いで出社した朱夏を待ち構えていたのは、文句ではなく謝罪の嵐だった。

「ほんとごめん、門宮さん！」

次々にみんなに謝られて、朱夏は目を白黒させた。もちろん同僚たちはメールでも謝罪してくれていたのだが、出社するなり更衣室で囲まれた。

「怖い思いをさせるつもりじゃなかったんだよ」

「無理に引きとめてごめんね」

あの時、半べそになっていたのを目撃した彼女たちは、朱夏のことを心底気にかけてくれていたようだ。

「私こそ、せっかく誘ってくれたのに、みんなに心配かけちゃってごめんね」

むしろ途中退席して場の空気を壊したことを謝る。苦手なことが一つ増えたが、それに気づけた貴重な経験だった。

それから、もう一つ朱夏はわかったことがある……

昼休みにそのことを話そうと思っていたら、ニヤッと笑った同僚が朱夏を肘で小突いてきた。

「まったく……あーんなイケメンがいるの黙ってたわけ、門宮さん」

「そうだよ、もしかして彼が例の同居人⁉」

昼休みを待たずに、一瞬でガールズトークが花咲いてしまう。

朱夏は彼が例の同居人であることを認めてから、ひと呼吸する。

「本当にただ一緒に住んでるだけで、お節介焼きの小姑(こじゅうと)で、どっちかと言うと関西のおばちゃんみたいな感じだったんだけど……」

「けど？　なになに⁉」

辰に触れられるのも触れるのも嫌じゃない。

一緒にいると楽しいし、心が強くなる。安心できるし、いつだって優しい気持ちでいられる。

この気持ちや触れ合う心地好さをどう表現していいのかわからないが、一つだけ言えることがあった。

「――……どうやら私、彼のことは特別みたい」

更衣室が歓声に包まれた。

「でも待って！　まだよくわかっていないから。見守ってくれると嬉しい」

もちろんと同僚たちが声をかけてくれて、朱夏はホッと胸を撫で下ろす。

あの時のホットココアは、まるで辰のように温かくて甘かった。それを思い出しながら、朱夏はほんのちょっと微笑む。

（いずれ私も、みんなの恋愛を応援できるようになりたいな……）

チャリーンとお金の貯まる音が脳内で鳴り響いた。

（うん、頑張ろう！）

天国で働いている辰にも、朱夏の貯金の音は届いたに違いない。きっと笑ってくれているだろうと想像しながら、今日も朱夏は仕事を頑張るために胸を張った。

レシピ20　絶品牛肉チーズコロッケ

あまりに暑すぎる毎日のせいで、早くも秋や冬が待ち遠しい。季節は八月後半に向かっていた。

「今日も猛暑だって。なんだか季節が、花粉・梅雨（つゆ）・夏・冬になっちゃったみたい」

「なんやねん、その花粉って季節は」

もうすぐ週末に差し掛かるという木曜日、朱夏は暑さにうんざりしながら朝ご飯のクロワッサンをモグモグしていた。

すると。

突然ポン、という音を立てて机の上で煙が巻き起こる。

「なになに、クロワッサン燃えた⁉」

朱夏は慌てて席を立つが、辰は眉をひそめたままピタッと動きを止めた。

「燃えてへん、よお見て」

着席してから煙の出ている場所を見ると、一通の封筒が現れた。辰は胡散臭そうにそれをつまみ上げた。

「――嫌な予感しかせぇへん。朱夏に開けてもらおかな」

「触ったらバチバチとかしない？」

「さあな。ほれ、触ってみー」

「いいいっ……！」

辰が突き出した封筒から、逃げるようにして朱夏は身体をよじった。

朱夏の反応を見てケラケラ笑った辰は、手を引っ込めて封筒を開けて中に入っていた紙を取り出す。

そこには、めちゃくちゃ達筆な文字で一言。

明日合否通知出しまーす！


文字を見た朱夏も辰も固まる。

「はあっ⁉　ありえへん！　これが合否通知やないんか！」

一拍おいてから、辰はわなわな震え始めた。

「アホかいな！　大袈裟（おおげさ）な仕掛けして、書いてあることしょーもなっ！」

青筋を立てて怒る辰をなだめながら、朱夏は手紙を眺める。

「合否通知って、シンの昇進試験のことだよね？」

「それしか思い当たる節があらへん」

（そうだ、シンは試験だから私のところに来てくれていたんだ）

すっかり忘れていたが、辰と一緒にいる根本的な理由を思い出して、朱夏は複雑な気持ちになった。

たとえ、辰本人が朱夏の側から離れないと言ってくれても、天国が許してくれなかったら……？

合否通知のあと、この生活はどうなってしまうのだろうか。

――しかし、別れは必ず誰にでもやってくる。

辰が昇進試験に合格したら、それは朱夏にとっても嬉しいことだ。だが、さようならになるかもしれないと考えると、受け入れがたかった。

かといって、ここで朱夏が駄々をこねてもどうにもならない。辰のこれからを決めるのは天国の神様と辰自身なのだから。

(合格したら、ちゃんとお祝いをしなくちゃ)

どんなお祝いがいいかなと考えていると、チャリーンと二人にだけ聞こえる音が鳴った。

「なんや朱夏、考え事してたんか?」

「シンが合格したら、お祝いなにしようかなって」

「せやなあ。受からな給料上がらんし、落ちてまた別のところに派遣て言われても、骨折れるし……朱夏の側におるっちゅう約束も破ることになるしなぁ」

辰もそれを心配しているのだとわかったが、同時に心にぐさりとくるものがあった。

(やっぱり、別の人のところに行く可能性もあるんだ。嫌だなあ、そうなったら)

——辰がいなくなってしまうくらいなら不合格になってほしい……

そんなことを一瞬思ってしまって、朱夏はハッとした。

助けてもらって、こんなに良くしてもらっているのに、その考えはあまりにも自分勝手すぎる。

エゴまみれのひどすぎる考えに我ながら寒気がし、ぶるぶると頭を振って追い払う。

なんてひどいことを思ってしまったのだろうと、朱夏は自己嫌悪で胸が苦しくなった。

「きっと受かっているよ、シンは優秀な死神だから」

「今ここで考えてもしゃあないしな。ひとまずご飯食べよか」

クロワッサンの残りを口に入れて、辰は美味いなぁとかすかに笑った。朱夏も微笑み返して、少し冷めてしまったパンを両手で持つ。

(辰が合格して、お給料が上がりますように……)

そして、願わくは。

(――神様。もう少しシンと一緒にいたいです。どうか……)

朱夏は大きな一口でクロワッサンを食べた。


結果当日。

辰のことが気になってしまい、朱夏はなかなか仕事に身が入らないでいた。

合否どちらだったとしても辰は連絡をくれると言っていたので、休憩時間が待ちきれなくてソワソワしてしまう。

昼休みになると、急いでロッカーに向かい携帯電話を確認したが、辰からの連絡は来ていなかった。

「あっ……！」

お弁当箱がなくて焦ったところで、今日はみんなでご飯を食べに行くと辰に嘘を伝えていたことを思い出す。

合否結果によって、もし辰が出ていくことになったら、その時は頑張って笑顔で送り出したい。自分はもう大丈夫だよと感謝の気持ちを伝えたい。

そうなった時のために、まずはお昼ご飯を自分で用意しようと思ったのに、すっかり頭から抜け落ちていた。

朱夏は大きくため息を吐くと、お財布を持って近くのスーパーで弁当を購入した。

「んー。お総菜コーナーのお弁当、懐かしい！」

両親が帰ってくるのが遅い時、スーパーの弁当をよく購入していた朱夏は、色々思い出してしみじみしてしまった。

もちろんこの弁当も美味しいが、やっぱり辰の作った弁当のほうが美味しい。彼がいてくれる毎日に、あまりにも慣れすぎてしまったようだ。

「あれ、今日は手作りじゃないんだ？」

休憩室にやってきたのは同僚たちだ。

「なになに、ケンカでもした？」

「あはは、違うんだ。今日は忙しそうだったから遠慮したの」

周りに同期たちがやってきて、コンビニスイーツや、手作りお弁当などをそれぞれ広げ始める。

「手作りもいいけどさ、たまには外食したり、別のもの食べるのもいいよね」

「そうそう。美味しかったら、家で再現して作る。料理のレパートリーも増えるし」

口々に話し始める彼女たちに、朱夏はなるほどと納得した。

（そういう考え方も素敵……物事を多角的に見たら、違う答えに行き着くこともできるんだ！）

もし辰と離れ離れになっても、視点を変えたら、それは朱夏がきちんと「自立」できたという証明になるはずだ。

「ねえ、門宮さん。そのミートボールちょうだい。代わりにハンバーグ一口あげる」

ぼうっとしていると、同僚が目をキラキラさせて朱夏のお弁当を覗き込んでいる。

すると、別の同僚も身を乗り出してきた。

「私もなにか交換する～。でもコンビニのパンだから、おやつに買ったチョコレートでもいいかな？」

「待って待って、私もそれ参加する！」

あっという間におかずの交換が始まり、通りかかった二ノ宮主任までいつの間にか参加していた。

交換できるものがなかった主任は、同僚たちに上手い具合に言いくるめられてジュースを一本ずつおごってくれる。

（シンと別れることになったとしても、私にはこうして笑い合って、助け合える人が近くにいる……）

途端、チャリーンと音が鳴る。

朱夏は胸が熱くなるのを感じながら、おごってもらったジュースを飲み干した。

ずっと待っていたのに、結局辰から連絡がこないまま仕事が終わってしまった。

メールの一通もないなんて、もしかすると予期せぬ事態が起きたのかもしれない。

帰ったらもう辰がいなくなっていたらどうしようと、冷や汗をかきながら朱夏は走って家に向かう。

「――シン、ただいま！　結果は⁉」

「おう、おかえり」

いつものように声が聞こえてきて、朱夏はホッと胸を撫で下ろす。急いでキッチンに向かうと、立ち込めるジューシーな香りにお腹が悲鳴を上げそうになった。

「もう、シンってば！　連絡くれるって言ったから、ずっと待ってたのに」

深鍋から視線を外さない辰にしびれを切らして、近寄って彼の腕を揺する。

「こら、油跳ねるから離れとき！」

押しやられつつも文句の一つも言いたい朱夏は、恨めしそうに辰を見上げた。

「悪かったって。ほんまにバタバタしててん」

「結果は？」

「うーん、ぼちぼちや。手洗ってき。話すから」

あつあつを食べようと言いながら、辰はちらりと鍋に視線を向ける。

つられて深鍋の中を見ると、そこには見るからに美味(おい)しそうなコロッケがパチパチ音を立てていた。

「わあ、美味(おい)しそう！」

油の中でちょうどいい塩梅(あんばい)のきつね色に揚がっているコロッケに顔を寄せると、危ないからと辰に引き離された。

「待ってて、すぐに準備してくるね！」

〈本日の晩ご飯〉
絶品！　牛肉とジャガイモのチーズ入りコロッケ
豆苗(とうみょう)と卵の炒め物
キャベツの味噌汁

「いただきます！」

「どおぞ」

きつね色のコロッケは、揚げたてホカホカで湯気が立ち上っている。

一口齧るとサクッとした食感が心地好い。そのあと、牛肉とジャガイモの柔らかい甘みがぶわっと押し寄せてきて、朱夏はあまりの美味しさに言葉が出ない。

「……召される……」

「なんやその感想」

「……美味しすぎて気分は天国」

「俺の職場か！　気分最悪やぞ、あんなとこ」

朱夏はコロッケにさらにかぶりつき、チーズが出てきたのでびっくりした。

濃厚なチーズの味わいが、ぎっしりとしたジャガイモの甘みに混ざってコクとうまみがたまらない。

「そんな慌てたら火傷するよ。お腹膨れて歩けへんくらいあるから、ゆっくり食べ」

「これをたくさん作ったって、すごく大変だったよね？　めっちゃ手間かかりそうだし……」

そこまで言ってから、朱夏はハッとして箸を止めた。

凝ったものや、たくさん切らないといけない料理を辰が出す時は、決まって神様との折り合いが悪かった時だ。

「そろそろ本当に聞きたい。合否結果はどうだったの？」

「……半合格やて」

聞きなれない単語に朱夏は目をしばたたかせた。

「ん？　なにそれ……半合格？　半分合格で、半分は不合格ってこと？」

訊ねると、辰はみるみる不機嫌になった。雷が落ちるのを予測して、朱夏は乗り出していた身体をこぶし一つ分ほど引っ込める。

「あんの神様……！」

「シン待って！　悪口を言うとシンの貯金が減っちゃう……！」

「今日はもうええ、言わせてもらうで！」

辰はカンカンになって、額に青筋を立てた。

「俺が朱夏の天国貯金使うたんバレて、しばらくはこのままの生活続投やって！」

朱夏は今言われた言葉を頭の中で反芻して、ふと今日一日つかえていた重たい気持ちが軽くなる。

だがそれとは反対に、辰の不機嫌極まりない表情に、なんとも言えない気持ちになった。

「そんなに怒るほど、私の面倒をみるのが嫌ってこと……？」

「ちゃうわボケ！」

怒声がすかさず飛んできて、思わず朱夏は耳を塞いだ。

「あーいーつの言い方がめっちゃ腹立つ！　仰々しく呼び出したかと思たら、すっとぼけた対応かました上に、死ぬほど雑用押し付けてきよった！」

「あー……だから連絡できなかったんだね」

「せや！　あいつが天国で一番偉いとか嘘や！　その辺の性質の悪いチンピラと変わらへん！」

ヒートアップした辰は、さらに言い続ける。

「天国バンクの職員脅して、朱夏の許可なく貯めたお金使たらあかんって言い出しよって……そら当たり前の話やけど、あん時は緊急事態やて言うても、ダメの一点張りやってん。頭沸いてんのかな、やっぱりどつき回したほうがええよな、そうやんな⁉」

びっくりするくらい辰が怒っているので、朱夏はぽかんとしてしまった。

「それにな、朱夏との生活楽しんでるから、このまま一緒におれとか、付き合うなら応援するわ～とか、訳わからんこと言い出しやがって……ん⁉」

すっかり箸の止まっていた辰の口に、朱夏はコロッケを詰め込んだ。

驚いたように辰が見つめてくるので、堪えきれず朱夏ははにかむように笑ってしまった。

「――たぶん神様は、俺と朱夏のことを面白がってこのままにするつもりみたいや。せやから、朱夏が俺との生活に飽きるまでずっと一緒やけど……ええか？」

朱夏は食事中なのを忘れて、辰にがばっと飛びついた。

「わ、朱夏！　食事中やで、行儀悪い！」

「ありがとう。嬉しい……半合格おめでとう」

辰はそこでやっと怒りを収めたようで、朱夏の頭をひと撫でした。

「神様にもお礼しなくっちゃ。シンと一緒にいられるようにしてくれたから」

「どーでもええねんあんな奴。しかも給料据え置きとか意味わからんし」

賃金には納得できないようで、辰は複雑な顔をしている。

「私と一緒にいるのは嫌じゃない？」

「そら……自分のためにこんなに飯作らへんし、作ったもん美味い美味い言うて食べてくれるのがおらんと、やりがいも出ぇへん」

辰はぶすっとして言ったあと、ふいに優しい笑みになった。

それは彼の精いっぱいの照れ隠しで、もちろん朱夏との生活が嫌じゃないと暗に伝えてくれているのだとわかる。

「俺の飯アホほど食べて、幸せそうな顔見せてくれたらええねん」

「うん！　いつも美味しいご飯をありがとう！」

チャリーンと音が鳴って、二人して微笑む。

そうして朱夏は、辰に言われた通り、お腹がはち切れそうなほどたくさんのコロッケを平らげたのだった。

レシピ21　賑やかチーズフォンデュ

昇進試験が半合格という結果に終わったことは、すぐさま辰の隣の部署まで届いた。

耳の早い暁は、その情報を仕入れるなり一目散に死神の部署へ直行した。

「ねーえ、辰。聞いたよ、半合格ってなに⁉　一体どういうことなの⁉」

「うーるーさいな、あっち行け！　ほんまに忙しいねん！」

まとわりつくように辰の周りをウロチョロし始めた暁に、辰は頭から角が生える寸前だ。

「わあ、ほんとに忙しそう……これ、もしかして全部神様からのペナルティ？」

「せや。あいつ今度顔見たら頭かち割ったる！」

「それはご愁傷様案件だけど、でも勝手に朱夏ちゃんの天国貯金を使い切って、たったこれだけで済んだならよかったと言うべきかもね」

「神様は俺たちに仕事押し付けるだけ押し付けて、遊んどるんちゃうか⁉」

辰に与えられた事務処理の紙の山に、暁は苦笑いをこぼす。

「半分は合格でしょ？　しかも辰の顔からは想像できない事務処理能力の高さに合わせてのペナルティ……つまりこれはもうほとんど合格って意味じゃない？」

「それやったら合格にしたらええやん！　なんでこんなにややこしい……よし、一丁上がり！　というか今悪口言うたな覚えとけよ！」

タタタタと高速でキーボードを操作して入力を終えると、辰は口も手も動かしながら鬼の速さで仕事を片づけていく。

「ふうん。たぶん、辰が朱夏ちゃんから離れたくない気持ちを汲んだんだね。わざわざ半分不合格にして、一緒に生活させるって魂胆かな？」

暁の言っていることはおそらく図星だろう。神様の狙いがそこにあるのは、辰自身も気づいていた。

「朱夏ちゃんもそれを望んでいるみたいだし、結果的にはよかったね」

「給料据え置きのどこがええねん！」

「離れるよりましでしょ？」

確信的に言われて、辰はじろりと暁を睨(にら)みながら手を止める。

「……せやな」

「うっわ、辰が素直！　珍しく素直！　雪降る雪！」

「お前なあ！　どつき回すで！」

「あははは、ごめんごめん。素直だったからびっくりして。じゃあ、半合格のお祝いしようよ」

辰はめちゃくちゃ顔をしかめた。

「はあ？　なんで合格してへんのに祝わなあかんねん？」

「もうお祝いするって、朱夏ちゃんにも言っちゃった」

「なっ……お前なに勝手に決めてんねん！　んなもんせーへん！」

「楽しみにしてるって朱夏ちゃん喜んでたよ。ちなみに、チーズフォンデュパーティーね！」

勝手に進められていく計画に、辰の眉毛が怒りでピクピクし始める。

「朱夏ちゃん、ノリノリで葵君と虎徹君も招待していたのに。今さらしないって言ったら、どんなに落胆するだろうね、彼女……」

辰はイライラしながら、暁に掴みかかる勢いでデコピンをした。

「二度と朱夏を盾にすんなボケ！　今度やったら地獄までどつき回すからな！」

「はいはい。で、するよね？　チーズフォンデュパーティー？」

「……」

「朱夏ちゃんが悲しむなー。せっかくあんなに笑顔だったのに」

「わかったって、したらええんやろ！　それならしたるわ！」

辰の答えに暁は、わーいとのんきに両手を上げてはしゃいだ。

「ちなみに準備は辰に任せるからね！　じゃあまた週末に！」

辰の頭から、本当に角が生えそうになっていたのは言うまでもない。

逃げ去った暁に呪詛を吐きながら、辰は鬼のような集中力で仕事をこなした。

＊

朱夏はチーズフォンデュパーティーに心を躍らせている様子だった。

しかし反対に、辰はぶつぶつ文句を言いながら準備に取りかかっている。朱夏は手伝いをしつつ、そんな辰の目を盗みながらつまみ食いが止まらない。

しかし、三回目のつまみ食いで辰のストップがかかった。

「しゅーかー。太るで、今から食べたら」

「大丈夫！　お野菜をたっぷり摂れば炭水化物は吸収されないから、いくら食べてもヘルシーなんだよ」

「アホか、なんやねんその屁理屈！」

朱夏はレタスをむしゃむしゃしながら、辰の言う通りにチーズにくぐらせる具を数種類用意した。

「ねえねえ、お祝いだからノンアルコールのシャンパン飲んでもいい？　小さい頃、誕生日の時にしか飲めない特別だったから」

「好きに食べて飲んだらええよ。太ったら地獄のジョギングやからな」

「やった！　でもジョギングは嫌だな。せめてウォーキングがいい」

準備が終わる頃に、ピンポーンと玄関のチャイムが鳴った。

「いらっしゃい葵君！」

「こんにちは！　今日はありがとうございます、お邪魔します」

朱夏が迎えに出ると、道路脇にタクシーが停車する。しばらくすると、中から虎徹が降りてきて朱夏に向かって手を挙げた。

「虎徹さんも、いらっしゃい」

「朱夏さんの知り合いですか⁉　あの人も今日、参加するんですよね？」

「うん、柏木組の柏木虎徹さん」

葵の表情が引きつりそうになったところで、朱夏は「大丈夫だよ」とニコニコする。

朱夏がもたもたしているので、キッチンから辰は怒声を響かせた。

三人が向かうと、準備を終えた辰と、水玉のシャツを着た暁が揃っている。

朱夏は虎徹がくれたシャンパンを辰に渡しながら、初めましての葵に改めて全員を紹介していく。

「なんか、朱夏さんの周りの人強面っすね」

「そうかな？　たしかにシンは仏頂面だし、虎徹さんもちょっと怖い見た目だよね」

「……あはは」

辰がぱんと手を打つ。

「ほら、しゃべってないでぼちぼち始めるで」

テーブルいっぱいに、たくさんの料理とメインのチーズフォンデュが並べられている。

「今日はね、シンの昇進祝いのパーティーだよ。半分合格で、半分不合格だけど、楽しく食べようね！」

朱夏の笑顔に、葵は「はい」と頷く。

「俺の祝いなのに、なんで全部俺が準備せなあかんのか、ほんまに謎やね――」

「わーい、いただきますをしよう！」

辰のぼやき声を、暁の能天気な声が遮った。

今にも暁をどつき回しかねない鬼の形相（ぎょうそう）になった辰に、朱夏が慌てて「いただきます！」と言ってパーティーが始まった。

〈本日のご飯〉
賑（にぎ）やかチーズフォンデュ
スモークサーモンのカナッペ
ミートローフ
シーフードのカルパッチョ
フライドポテト

各々（おのおの）が好きな食材をお皿によそい始める。朱夏はまず、目の前に並べられたチーズフォンデュ用の具材に狙いを定めた。

「どれも美味（おい）しそう……でもやっぱりエビかな！」

朱夏は串に刺さったエビを手に持つと、ホットプレートの上に用意したチーズの鍋に、とぷんと浸（つ）けた。

「んんんんんんー！　おいひぃ！」

「朱夏ちゃん、相変わらず美味（おい）しそうに食べるね。僕は、ミニトマトが食べたいな」

暁もまずはチーズフォンデュから手を伸ばしている。トマトにチーズをたっぷり絡めて、美味しいと顔をほころばせた。

そこに葵も加わり、三人ともはしゃぎながらチーズフォンデュを楽しむ。

一方、無言で食べていた虎徹は、しばらくすると辰の横にすっと近寄った。

「辰さん、せっかくだからシャンパン飲んで」

「お、ええなあ。たまには酒飲むのも」

虎徹がおめでとうと言いながら辰にシャンパンを注ぐ。それを一口飲んだ辰が驚いた顔をした。

「気に入ってくれたようだね。俺も好きなんだ、これ」

「美味いなあ。これやったらグイグイいけるわ」

葵がケチャップを取ろうとしたところで、虎徹が渡した。

「ありがとうございます」

「葵君だったな。ずいぶん背が高いし鍛えているようだが、なにかスポーツをしているのか？」

言われて葵は、どう言おうか迷った顔をする。すると、虎徹が続けて口を開いた。

「腕につけているリストバンドは、バスケのクラブチームのじゃないか？」

「そうです。知ってるんですか⁉」

「俺もやっていた。今も、時間があれば練習してる」

「……⁉」

葵は、朱夏に話したのと同じ経緯を虎徹に話した。そして今は大学に通いつつ、心を落ち着けている最中だと告げる。

葵の話を真摯(しんし)な態度で聞いていた虎徹は、なにやら考えがあるようで腕組みしながら頷いていた。

「……俺の知り合いに、中学生チームのコーチがいる。そろそろ引退を考えているようなんだが、後任がいなくて困っているんだ。よかったら君、一度彼と話をしてみないか？」

「いいんですか？」

「国分寺だから、ここからだと一時間ほどかかるが……それでもよければ」

葵は途端に目をキラキラ輝かせる。

「そのコーチは、以前プロバスケチームにいた人だ。君の力になってくれると思うし、学べることもあると思う」

「柏木さん。ぜひ紹介してください！　親にはもうバスケは無理だって言われているんですが、俺はまだあきらめられなくて。バスケから離れたくないんです」

虎徹は優しく微笑むと、ゆっくりと頷いた。

「気持ちはすごくわかる。そうだな、来週あたり話をつけよう」

嬉しさと感動に目を潤ませた葵は、慌ててリストバンドで目元をぬぐって、深々と頭を下げた。

二人はすぐに連絡先を交換し、バスケの話に花を咲かせている。虎徹もいつもより楽しそうだ。

「暁……お前、あいつらの縁結んだやろ？」

それを見ていた辰がこっそり暁を肘で小突く。したり顔の縁結びの神は、ふふふと笑った。

「袖振り合うのも、同じ釜の飯を食うのも、なにかの縁ってね……縁は人と人との出会いで結ばれていくんだよ。僕が結んでも、結ばなくてもね」

「お前はほんまに、食えへん性格してんな」

真相は教えてくれなかったが、辰は暁が優しいことを知っていた。神たちはどんなことがあろうと、人間のことが大好きで愛しいと思っているのだから。

葵の目が潤んでいることに気がついた朱夏は、慌ててティッシュを渡す。そんな人間たちの姿を見つめながら、暁はいつもと違う慈愛に満ちた笑顔になった。

「二人にとっていい出会いになるはずさ、朱夏ちゃんにとってもね」

人間が幸せになる道はたくさんある。

天国の神様たちは、それをちょっとだけ手助けする。

人は強い、そして弱い。でも、どちらも持ち合わせているからこそ、こんなにも神たちの心を動かすほど美しいのだ。

「せやな」

縁を繋ぎ、結び、人を成長させるための手伝いができる縁結びの力。死神にはない特権に、辰は暁が少しだけ羨（うらや）ましいと思った。

楽しい会話に美味（おい）しいご飯。五人は夢中になって食べて飲んで大笑いをした。

そういう時間はあっという間に過ぎていく。今が、楽しいという証拠だと言わんばかりに。

デザートのフルーツタルトまで完食し、コーヒーを飲みながらまだまだ終わらない談笑を続けていた時だ。

辰は朱夏の顔が赤くなっていることに気づいた。

「朱夏、顔赤いで？　まさか熱⁉」

「それはないと思うけど」

辰は朱夏のおでこに自身の額を当て、ほんのり熱くなっているのを感じ取った。

すぐに朱夏の持っているグラスを取り上げると、眉をひそめながら中身を一口飲む。

「……これ、虎徹が持ってきたシャンパンやないか。朱夏は下戸やろ？」

「お酒？　ご飯に夢中でお酒かどうか気がつかなかった……」

「酒の味もわかれへん奴が、こんな高級なもんに手ぇつけたらあかん！」

水を飲むように指示された朱夏は、近くにあったコップに手を伸ばす。

「アホ！　それもシャンパンや！　よお見て、ブクブク泡出てるやん！」

辰が言い終わらないうちに、朱夏は水と間違えたシャンパンをがぶがぶ飲み干してしまった。

さらに顔を赤くした朱夏を見た虎徹も葵も、完全に彼女が酔っ払ったのを認識した。

「あーもーどアホが！　ほらこっち、水！」

慌てて辰が差しだした水を飲むが、そんなにすぐ酔いが覚めるはずもない。朱夏は足元がおぼつかなくなり、ぐでん、とソファに座ってしまった。

「……そろそろお開きにするか。食うもんもないし、家主がこれやと……もしかして、俺はこのあと介抱コースか⁉」

自分の昇進半祝いだというのに、準備に片づけに、さらには朱夏の介抱まで盛だくさんすぎて辰は頭を抱えたくなった。

辰のことを憐れに思った虎徹を筆頭に、パーティーの片づけが始められる。それが終わるとすぐに全員帰り支度を始めた。

　みんなまた来ると言い残して、門宮家から去っていく。途端に家の中が静かになる。

朱夏の横で、辰がふうとため息を吐いた。

「さてと。ほれ朱夏、起きて」

　ソファで寝ている朱夏の手を辰は軽く叩いた。

「んー、眠い」

「あーはいはい、ほんまに下戸やな。大して飲んでないやろ」

　辰は隣に腰を下ろして、朱夏の前髪を掻き上げながら頬に触れた。顔は赤く身体も熱くなっている。

　コップに入れた水を持ってきて朱夏に渡すと、つるんと手から滑り落ちそうになる。慌てて辰がコップを掴んだからよかったものの、床に落ちる寸前だった。

「あっぶな。べろんべろんやな、まったく」

　仕方がないのでペットボトルに水を入れ替えた。これなら飲めるかと思いきや、もはやペットボトルを掴む力さえなく、朱夏は完全に省エネモードになっていた。

「水飲まな二日酔いなるで。気持ち悪いまま会社行きたくないやろ？」

　すると、目を開けた朱夏が辰に向かって手を伸ばし、思い切り抱きついてきた。

「わっ……こら、朱——」

「シン、ありがとう。今日いっぱいいっぱい、ありがとう……」

　チャリーンと貯金の貯まる音がする。

　辰は拍子抜けして、朱夏の頭を撫でた。

「嬉しいよ、シンが合格したの」

　朱夏は辰の温もりをもっと感じたいというように、さらにぎゅっとくっついてきた。

「……でもね、合格したことより、いなくならないでくれたことのほうが嬉しくて……本当はシンだって私に構っていないで、お仕事しなくちゃいけないのに」

　朱夏は辰の胸に顔をうずめて涙をこぼした。

「シンはこんなに良くしてくれているのに、いなくならないでほしくて、一瞬だけ、不合格でもいいやって思っちゃったの。だから、ごめんなさい」

「なんやそれ……？」

「こんなにわがままいっぱい聞いてもらっているのに、本当にごめんなさい……！」

　辰は朱夏の背を撫でながら、ええねんと呟いた。

「不合格になったわけとちゃうし、気にすることないで」

　しかし朱夏は、一瞬だけでも心によぎってしまった邪念がしこりになっているのか、辰に謝り続ける。

「ごめん、ごめんね」

「ええよ。そんなに離れたないって思うほど、俺の料理が好きなんやろ？」

「――違うよ。シンが好きなの」

辰は驚いて朱夏を凝視した。朱夏は沈黙を恐れるように、辰のシャツをぎゅっと握ってくる。

「……アホ」

辰は朱夏を引きはがし、ペットボトルの水を口に含んだ。そのまま朱夏の後頭部に手を添えて、それを口移しで飲ませる。

唇が離れると、朱夏は耳まで真っ赤にしながらすぐに下を向いた。

しかし辰は朱夏の顎を持ち上げて、否応なしに唇を重ねて朱夏に水を飲ませる。

「――ほら。水、ちゃんと飲んで」

「う、うん……」

渡されたボトルを受け取ろうとした朱夏だが、動揺しているのか、手からペットボトルが滑り落ちそうになった。

辰はあきれながら、またもや朱夏に先ほどと同じように水を飲ませる。

そのあとも、唇は交わったまま。

朱夏が動けないでいるので辰は顔をそっと離した。だが次の瞬間、朱夏を引き寄せて強く抱きしめる。

「……ええよ、好きでいて。でも、俺だけな」

朱夏の鼓動が速まっていくが、辰自身の鼓動も同じくらい速い。

辰は微笑みながら、朱夏の目の端に溜まっていた涙をすくいとる。

「今からすることは、明日には忘れる。ええな？」

彼女が小さく頷くのを見ると、辰は再び唇を重ねた。

＊

――忘れたくないな、と朱夏は思った。

溶けてなくなるかと思うほど、辰の熱い温もりが唇から全身に広がっていく。すごく心地好いのに、朱夏の胸の中はざわざわと落ち着かなかった。

ぎゅっとしがみつくと、辰は優しく応（こた）えてくれる。

（ずっとシンと一緒にいられたらいいのに）

辰への思いが苦しいくらいに溢（あふ）れてくるようだ。苦しくて切ないのに、温かくて張り裂けそうな。

言葉にできない感情を、この先もずっと胸に刻み付けておきたい。

しかし、幾度となく呼吸を奪われ唇が重なるうちに、気持ちとは反対に身体から力が抜けていく。

朱夏が見つめると、辰は見たことがないくらい優しい眼差しを向けていた。

（忘れたくないよ、シンのこんなに優しい顔……）

いつしかまどろんできた朱夏は、辰の体温を感じたまま、眠ってしまったのだった――

レシピ22　ロールキャベツ

辰の昇進祝いパーティー直後の記憶が朱夏にはない。みんなを見送ったあたりから、ちっとも思い出せない。

お酒は朱夏の脳の機能低下を引き起こしたらしい。あとになってじわじわと飲酒の恐ろしさを感じていた。

虎徹の持ってきてくれたシャンパンの空瓶（あきびん）を睨（にら）んでいると、スケジュールを確認していた辰に名前を呼ばれた。

「なにー？」

振り返ると辰はしかめっ面（つら）をしている。

「朱夏、明日誕生日やないか。なんで言わへんの？」

「……忘れてた」

「――はあ？」

「本当に忘れてた！　どうしよう！」

「ありえへん。あかんよ、自分が生まれた日忘れたら」

しかし朱夏は会社の休みも取っていない。辰はあきれ返って眉毛を吊り上げた。

「……他人の誕生日を忘れるんはあるけども、自分のはないやろ普通に。脳みそチャーハンみたいにパラパラになっててんちゃうの？」

辰は朱夏の頭をコツコツつつき、中身が入っているかどうか確認してくる。

「しょうがないじゃん、忘れてたんだから」

「それなら、仕事から帰ってきたらどっか行こか。その前に、なんかしたいことないの？　水族館だの映画だの、なんかあるやろ？」

「……うーん、特にないかな」

「はあああ？」

辰はついに朱夏の頭を小突くのをやめて、軽く手刀を落としてくる。痛くて抗議したかったが、それ以上に辰のほうが不機嫌だった。

「まあええわ。なんか考えといて。明日祝わへんかったら、後日になってしまうし」

「じゃあシンのご飯が食べたい！」

「どつくで。毎日食べてるやろ」

「リクエスト言うのじゃダメ？」

朱夏の提案に、辰はそれなら聞こうという気になったようだ。

「あのね、ロールキャベツが食べたいの。お腹がはち切れて吹っ飛ぶくらい、たくさん食べたい！」

「吹っ飛んだらあかんけど……そんなんでええんか？」

「いいの、お肉いっぱい食べたいし、お店のだと小さくて満足できないの。だから、明日は五十個くらいモリモリ食べたい！」

辰はまあええか、と頭をポリポリ掻いた。

「しゃあないな、作っとくわ。会議終わったらはよ帰ってきい」

「追加リクエストも聞いて！　ケーキはね、ロールケーキが食べたい」

「誕生日やいうたら、デコレーションケーキやないの？」

「一度でいいから、一本を丸齧りしてみたかったんだ！」

要望を聞くなり辰は噴き出した。

「わかった、ええよ」

「やった、楽しみにしてるね！　ありがとう」

ルンルンしていた朱夏だが、ハッとして辰を見た。

「ロールキャベツとロールケーキが、誕生日プレゼントでいいからね」

「それなら、ええ材料で作ったるわ。和牛で肉汁じゅわーなやつ。美味いで」

「やばーい！　今からお腹空いちゃう！」

「食べ終わったばっかりやろが!!」

「別腹だもーん！」

朱夏が嬉しそうにしている横で、辰は半休の連絡を天国に入れていた。


そして迎えた誕生日当日。

出勤するなり朱夏は同僚の袖を慌てて掴んだ。

「ねえねえ！　誕生日ってなにして祝ってもらえばいいと思う？　普通は、どっかに行く？」

彼女たちは、口をそろえてデートだと言い張る。

「あああ、デートかあ……」

「あの金髪の同居人に誕生日をお祝いしてもらえるの？　めっちゃ羨ましい」

「なにしたいか訊かれたから、食べたいご飯をリクエストしたんだけど……」

「門宮さん、食べることばっかり。色気より食い気ってやつね」

　クスクス笑われてしまい、朱夏は苦笑いした。

「でもせっかくの誕生日なんだからデートしてきなよ。夜の水族館でもいいし、映画館も楽しいし……あ、遊園地は？」

　そう言われて、それはいいかも、と頷く。

「ほら、お台場に遊園地あるし、チケット買って、乗りたいものだけ選べばいいんじゃない」

　すぐさま携帯電話で調べると、観覧車の写真を見せてくれる。

「オシャレだね！　それ乗ってみたいな」

「いいと思うよ。楽しんできてね、感想もあとでみっちり聞かせて」

　お礼を言うと、別の女子社員がニヤニヤしてくる。

「いいなー。イケメンに祝ってもらえて。この間の合コンの時、めっちゃかっこよかったもん、門宮さんの同居人」

「うん、シンはかっこいいし優しいよ……あ！」

　急に朱夏が声を張ったので、みんなも驚く。

「もう一個聞きたいことが……昼休みに誰か付き合ってくれないかな？」

　思いついたことを説明すると、同僚たちは快く引き受けてくれた。

　そうして朱夏は、辰が作ってくれる誕生日プレゼントを楽しみに帰宅した。

「ただいまー！」

家に入ると、いい香りが充満している。

いつも通りキッチンへ駆け込むと、すかさず手を洗うように辰のハスキーな声で怒られた。

すぐさま手洗いうがいを済ませて戻ると、エプロンをつけて腕まくりをした辰がテーブルの上をきれいにしていた。

「わー！　すごいすごい、いい香り！　やばーい！」

「せやろ。お望み通り、じゅわーなやつ作ったで」

ありがとうと朱夏が言うと、辰は満足そうに頷いた。

〈本日の晩ご飯〉
　トマト煮込みロールキャベツの温野菜添え
　フランスパンとガーリックバターソース
　ペンネのミートソース
〈デザート〉
　モカロールケーキ

「……っていうか、もうね、食べなくてもわかる、美味しいの！」

「どおぞ」

「いただきます！」

何度もお礼を言っていると、辰に「はよ食べ！」と急かされた。

朱夏は、プレートにお行儀よく載せられたロールキャベツにナイフを入れる。途端、
キャベツから肉汁がじゅわっと溢れ出てくる。

「ん――……!!　絶品！　おいひい、美味しすぎるー！」

「パンも焼いたけど、こっちのほうが手間かかったわ」

ガーリックバターソースをパンにつけて、辰が渡してくれる。手作りのそれを口に
入れた瞬間、朱夏は真顔になった。

「……お店、お店超え。パン屋さん開こう、一緒に」

「食べる専門の従業員なんてお断りや」

バレたかと肩をすくめて、朱夏は口いっぱいにロールキャベツを頬張った。

美味しすぎるので、食べ終わった時には頬が落ちているかもしれない。さすがに
五十個は無理だったが、お腹いっぱい食べたあとにデザートへ手を伸ばす。

「ほれ、ラップしてあるから手で持ってガブッといけ」

辰はニヤニヤしながら、朱夏にロールケーキを渡す。

「嬉しい。じゃあいくね！」

念願のロールケーキ一本丸齧り（かじ）を実現した朱夏は、これ以上ない幸せの絶頂だ。

「幸せ〜！　生きててよかった！」

「当たり前や。こら、泣いてんとはよ食べ」

顔中に喜びを溢れ（あふ）させた朱夏が、ケーキを辰の口元に押し付ける。すると辰も、クリームを口につけながら、ガブッと齧り（かじ）ついた。

「……お前な、俺までアホ面（づら）になってまうやん」

いつもなら怒鳴られるところだが、今日は怒られなかった。クリームを頬につけっぱなしの辰が珍しくて、朱夏は心の底から楽しくて笑みがこぼれた。

食後に一息ついていたところで、辰が朱夏の頭をコンと叩く。

「朱夏、ほんまにどこも行かんでええの？　いつもとなんら変わりな――」

「あ、そうだった！」

かぶせ気味に声を上げた朱夏は、携帯電話を取り出す。

「同僚に、観覧車がいいって教えてもらったの。今からでも間に合うから行こうよ」

時計を見ると、まだ閉園時間にはほど遠い。

朱夏は部屋着に着替えていなかったし、辰は外へ出るなり私服に変わったので、二人はすぐに目的地に向かった。

「行くんやったら外で食べてもよかったのに。景色ええとことか、どっかで修業したシェフのお店とかあるやん」

「いーやーだ！　辰のご飯を食べるほうがいいの。今から出かけるんだし、細かいことはいいじゃん」

「朱夏が満足したんならええけど」

電車はそれほど混雑しておらず、話している間に目的地に到着した。

「わあ……夜に遊園地に来たのって初めて。なんだかワクワクするね」

「観覧車のてっぺんまで行ったら、景色きれいなんちゃうん？」

「早く乗ろうよ」

「朱夏は高いとこ嫌とか言わへんよな？」

「大丈夫。揺らしたりしなければ」

「アホちゃうし、そんな危ないことせぇへん」

チケットを購入してまっすぐ観覧車に向かう。あちこちで色々な乗り物がピカピカ光っていて、それを見ているだけでも楽しかった。

平日だったので観覧車は空(す)いており、待ち時間もなくすぐ乗ることができた。

「上(のぼ)っていく時、ちょっと怖いよね」

「よお考えたら、死神と観覧車とかずいぶん不吉やな？」

からかっているのか、辰はニヤッとしながら向かい側から朱夏を覗き込んでくる。

「怖い怖い、シンが言うとほんとに怖いからやめて!!」

朱夏はぞっとしつつ、辰と一緒にこの場所に来られてよかったと窓の外を見た。てっぺんまでは十分弱、そこから見た景色がきれいで思わず笑顔になる。

「シン、あのね――」

朱夏は辰の隣に座り直すと、鞄から小さな包みを取り出して彼に渡した。

「なんや、これ」

「誕生日って、生まれたことを感謝する日だって……」

「俺、朱夏のこと産んでないよ？」

「知ってるって！　でもシンは、生き直しさせてくれて、私を新しく生まれ変わらせてくれたから。そのお礼にと思って」

不意を突かれ驚いて固まったままの辰にしびれを切らし、朱夏は早く開けてとせがむ。辰は長い指で丁寧に包み紙を開けた。

朱夏が辰のために買ったのは、シンプルなシルバーのネクタイピンだった。

――チャリーンという貯金音が、観覧車の中で盛大に響き渡る。

「こういうのをどこで買ったらいいかわかんなくて、昼休みと帰りに同僚に手伝ってもらったの。秋になったら、シンもネクタイつけるよね？　その時に……って、うわあ！」

　辰は隣に座った朱夏を問答無用で引き寄せ抱きしめてきた。

「苦し、シン、苦しいってば、死ぬ‼」

「アホ。死なへんわこれくらいで……ありがとお」

　耳元に辰の吐息がかかる。朱夏は自分の心臓が早鐘を打っているのに気づいたが、くっついた辰の心臓も同じように鼓動が速い。

　朱夏は両手をゆっくり彼の背中に回した。

「シン、大好きだよ」

　さらに強く抱きしめられたかと思った時には、観覧車は地上に戻ってきてしまった。

「お、降りないと……！　もう終わりだから放してってば、恥ずかしいよ！」

　扉を開けようとした職員に、辰がもう一周と指と視線で合図する。

「降りないの⁉」

　辰に抱きしめられたまま、朱夏はもう一度空中散歩に出かけることになった。

　放してくれる気がまったくなさそうなので、観念して辰の胸に顔をうずめて力を抜いた。

「……絶対ネクタイピンつけてね」

「秋になったらな」

「お誕生日楽しかった、ありがとう。これからもよろしくね」

朱夏がそう言うと、再度ぎゅっと強く抱きしめられた。てっぺんが近づくと、辰はやっと朱夏を解放する。

「お前は俺がおらんとあかんみたいやしな。世話焼いたるし幸せにしたるから、覚悟しいや」

「……それは嬉しいけど、でも、地獄のダイエットとかは勘弁してね」

お手柔らかにと遠回しに伝えると、辰は途端にムッとしながらデコピンのポーズをとる。

とっさに目をつぶった朱夏の額に、辰の額がコツンと当たる。

朱夏が驚いて目を開けると、今度は額に辰のキスが落とされた。見れば、辰はニヤッと笑っている。

「好きやで」

朱夏ははにかみながら頷くと、迷わず彼の胸の中に飛び込んだ。その身体を、辰の両腕が包み込む。

最高に楽しい誕生日だったと、朱夏は幸せでいっぱいになったのだった。

レシピ23　フルコース

さて、誕生日からしばらく過ぎたある金曜日、辰は週末の予定を急に口にした。

「朱夏、明日の夜フルコースな。フードコートでの約束、まだ果たしてへん」

急にそんなことを言われ、会社に行く準備をしていた朱夏は水筒の水を掴んだ形で止まる。

「それはもしかして……お肉とお魚両方食べられるやつ⁉」

「そう、それ。土曜やし、朝から仕込みができるしなぁ。美味(うま)いもん作るから楽しみにしとってな。ちなみに今晩はサッパリおろしうどんやで」

朱夏は今すぐ食べたいと思ったのだが、見透かしていた辰にさっさと仕事に行くように促(うなが)される。

楽しみすぎて、三センチほど浮いて移動しているのではないかと思うほど、朱夏はご機嫌で会社に出勤していた。

セミの鳴き声は全盛期より少なくなっているが、少し動くだけでまだまだ汗ばんでくる陽気だ。

　歩きながらハンカチで汗を拭いていると、携帯電話が鳴った。見ればディスプレイには葵の名前が浮かんでいる。

「もしもし、葵君？」

『朱夏さん、おはようございます！』

　はきはきとした葵の声に、朱夏は瞬時に暑さへの不満が吹っ飛び笑顔になった。

『虎徹さんから中学校のバスケのコーチを紹介してもらったんです。そのコーチのもとで、今後は指導者として正式に練習に参加することになって――』

「ほんとに⁉」

『はい。大学を卒業するまでは補佐として練習に入って、卒業後に正式にコーチを引き継ぐ予定で話が進んでいます。コーチは両親も知っている人だったこともあって、いい方向に決まりそうです！』

　すごいすごいと朱夏が喜ぶと、葵の声も嬉しそうに弾む。

『朱夏さんのおかげです。助けてくれて、虎徹さんを紹介してくれて……本当にありがとうございます！』

「よかった……あ、じゃあまた家でお祝いしようよ、虎徹さんも呼んで、みんなでどうかな？」

　葵から元気のいい声が返ってくる。また詳しい近況を話しに来てくれるということで、いったん電話を切った。

あの時、線路を見つめたまま突っ立っていた葵の姿を思い出すと、朱夏は目頭が熱くなってくる。あとで虎徹にもメールでお礼を言い、帰ったら辰にも話そうと心に誓った。

胸いっぱいの気持ちを噛みしめていると、チャリーンチャリーンチャリーンと盛大に貯金の音が鳴る。

ハッとして、空を見上げた。

「そういえば、いつも見てくれている誰かがいるんだよね」

思い返せば、見えなくても会えなくても、常に誰かが側にいてくれたからこそ、朱夏は今も生きていられる。

この瞬間でさえ、誰かの深い思いやりに包まれているのかもしれない。

思い思われ、そうやって縁は広がっていくのだろう。気がつかないうちに誰かと出会い、別れ、触れ合いながら。

「……ありがとうございます。私に、生きるチャンスをくれて。シンとも離さないでいてくれて。おかげで、ちょっとだけど人の役にも立てています……」

朱夏はふうと大きく息を吸って吐くと、駅に向かって歩きだす。

人で溢（あふ）れかえる満員電車は未だに苦手だが、会社も家も楽しい。

生きている実感が湧く日々に、いつだって感謝できる自分でいたいと心の底から思った。

（人は一人では生きていけない。つまりそれは、誰も一人ぼっちじゃないってことなんだよね……）

誰も決して孤独ではない。

人は人と関わり合って、支え合って生きていく生き物だから。

それこそが人の営みであり、生きることなのだ。そして、その中にたくさんの幸せが隠れている。気づこうとしなければ見逃してしまう、尊い幸せという宝探しを日々している。

吐き出されるように満員電車から降りて、朱夏は駅の階段を上る。

（一日一善！　今日も頑張るぞ！）

青く広がる空に向かって、朱夏はぐんと両腕を伸ばした。

＊

土曜日の朝。朱夏が起きると、キッチンにはすでに、料理を始めている辰の後ろ姿が見えた。今日はお待ちかねのフルコースの日だ。

辰は朝食の用意をしつつ、同時進行でコース料理の仕込みをしているようだ。

そこまで辰が気合を入れてくれているのなら、朱夏としては絶対にお腹を空かせないといけない。

確実にお腹を空かそうと意気込んで、布団を干し、家中の掃除をして、庭のプランターの手入れを張り切った。

「シンー。言われた通り、お風呂入っちゃったけど――」

夕方を過ぎたところで、先に風呂を済ますように言われた。なので、疲れをとるためにゆっくり温まり、準備を終えてキッチンに行く。

すると、テーブルの上がレストランのようになっていた。

「うわ、すごい！　もう食べられるの？」

「相変わらず、食うことしか考えてへんなぁ」

「シンのお料理、美味しいんだもん」

辰は笑いながら冷蔵庫から子ども用シャンパンを取り出す。朱夏は顔をぱあああと輝かせた。

実はチーズフォンデュの時に飲むつもりが、楽しすぎて出すのをすっかり忘れてしまったのだ。

「アルコール入ってへんしな、酔っぱらうことないよ」

「嬉しい！　そういえば、間違えてシャンパンを飲んで酔っ払った時、シンに迷惑かけてないよね？」

「なんもなかったで。アホ面でよだれ垂らして寝てただけやし」

「うわぁ……知りたくなかった」

朱夏が気まずそうにしている間に、辰はすべての料理を用意し終えたようだ。

辰は朱夏の頭をぽんぽんと撫でてから、グラスに子ども用シャンパンを注いで、前菜を出した。

「よし、今から始めよか」

「やったー！」

〈本日のフルコース〉
　甘エビとフルーツのサラダ
　ジャガイモのコンソメ冷製スープ
　サーモンのレアムニエル～クリームチーズとほうれん草のソース～
　トマトのシャーベット
　牛フィレ肉のロースト～赤ワインソース～
〈デザート〉

自家製ティラミス
紅茶

「いただきます！」

「どおぞ」

「ああもう最高、最高すぎる！　見た目からして罪深い‼」

一品ずつ用意してくれるということで、出された料理を口に運ぶたびに、朱夏の頬は緩んでしまう。

甘エビとフルーツのサラダは、見た目のオシャレさも抜群だ。さっぱりとしたレモン風味の玉ネギソースがたまらない。

一瞬でお腹の中にしまい込むと、辰は次にジャガイモの冷製スープを持ってきてくれる。

「オ……オシャレ！　それに美味しい！　舌触りがすごく滑らか」

「まだまだ続くで」

そう言って辰は、美しく盛り付けられた料理の皿を出した。

「なにこれ、サーモン⁉　わあ、レアなんだ！」

サーモンにナイフで切り込みを入れ、朱夏は感動した。

中がレア状態になっているきれいなオレンジ色のサーモンに、白いクリームチーズと緑色のほうれん草のソースを絡めて食べる。

「口の中が天国……」

そう呟いたあとは、美味しすぎて言葉にならない。自家製パンでお皿のソースをきれいに絡め取って、黙々と完食した。

さらに口直しのシャーベットと牛フィレ肉が出てくると、朱夏は感動しすぎて泣きそうになっていた。

「朝から、こんなにたくさん作ってくれて嬉しい」

「約束やからな。隠し味当てられたら作ったるって言ったん俺やし」

「今日も隠し味が前面に出てる気がする」

「隠れてへんかったら隠し味とは言わんやろ！」

始終幸せそうに食べる朱夏の姿に、作った甲斐があったもんだと辰もホッとしたようだ。たっぷり時間をかけながら、美味しい食事を済ませた。

「お腹がいっぱいでもう食べられない……」

「もうないから安心しい」

「シン、ありがとう。すごく美味しかった……来年の誕生日はこれがいいなあ。年とるのが楽しみになる」

「なんやねんそれ。まあ、最高の褒め言葉やな」

　二人で紅茶とコーヒーをすすりながら、しばらくぼうっとして満腹を堪能する。空はとっくに暗くなっており、日の入りの時間が早くなったのだとわかった。

　窓を開けると心地好い風が入ってくる。どこかから秋の虫の鳴き声が聞こえてきた気がして、夏の終わりが迫っているのを感じた。

エピローグ

フルコースを食べ終えた朱夏が片づけを終えると、辰が声をかけてきた。

「朱夏、今日は寝るの外やで」

「ん？　外？」

辰がカーテンを開けると、庭に小さなテントが張られていた。

「えええ、テント⁉　すごい」

「簡易やけどな。夏にアウトドアちっとも行けへんかったから、本格的に寒くなる前に気分だけでもキャンプしたいと思ってな」

寝る準備をしてくるように言われて、朱夏は大慌てでパジャマに着替えた。

サンダルを履いて庭に出ると、辰がランタンと蚊取り線香を窓辺に用意している。

外に出るとまだまだ暑いが、それでも熱帯夜というほどでもない。

テントの中のマットが、ふかふかで気持ちいい。すぐにでも眠れそうな気分だったが、辰のタブレットを使って有名なゴスペル映画を寝そべりながら観た。

「……さてと、映画も終わったことやし、そろそろ寝る時間やな」

家の中の電気を消すと、思っていたよりもあたりは暗い。テントの天井部分にあるファスナーを開けると、そこから夜空が見えた。

「わあ……！」

「山やったら、もっときれいに星が見えるんやろうけどなぁ。まあ、今日はこれでかんべんな」

「こういうのしたことないから、すごく楽しい」

もう一つ用意していたランタンを引き寄せてテント内に入れると、狭い空間が淡いオレンジ色に包まれる。

しばらく灯りを見つめてから、朱夏は心の中がいっぱいになっているのを感じた。

「……シン。あの時、私を止めてくれてありがとう」

渡されたブランケットにくるまると、辰が隣で、優しい笑顔で朱夏を見つめていた。

「おかげで毎日すごく楽しい。それに、天国貯金を貯めるための修行で、幸せは自分で見つけられるんだってわかったよ」

「せや。幸せは必ずしも、誰かに与えてもらうもんと違うし。そのことに気づくか、気づかないかのほんのちょっとの差やで」

うん、と朱夏は頷く。

「辰のおかげだよ」

「生きてくれて、ありがとお」

辰の手が伸びてきて、朱夏の頭をわしゃわしゃ撫でる。

「ほんまにそろそろ寝よ。明日もあるし」

明日へのワクワクが止まらなくて、まだ朱夏は寝たくなかった。

「もうちょっと夜空見てたいな。星なんて滅多に見る機会なかったから」

「ええけど……明日寝坊して朝食食べ損ねても知らんで」

口ではそう言いつつも、辰は朱夏の夜空観賞に付き合ってくれるらしい。仰向けに横になっていた。

「今年の夏も暑かったね」

「せやな。干からびるくらいやったな」

朱夏はゴロンと横向きになって、辰を見た。

「両親と電話した時も暑いねって話になったんだけど、私が生まれた夏も、例年にないくらいの猛暑だったんだって」

記憶に残るほど暑い夏に生まれ、朱夏という名前をつけてもらった。それは門宮家にとって、かけがえのない大事な家族が増えた日だった。

「そんな話、この間初めて知ったんだけどね。シンの名前にも、なにか意味があったりするの？」

訊(たず)ねると、辰は目をしばたたかせた。

「あれ、言うてへんかったっけ？　北辰(ほくしん)やからやで」

「ホクシン？」

辰はランタンを消すと、テントから見える星空の先を指さす。

「北極星のことや。あの星はじっとして動かんやろ。いろんな人の人生の目印になるようにって、神様(ボス)がつけてくれたんやけどな。まぁ名前のセンスだけは認めたるわ」

航海する者たちの道しるべになっていたという、星の名前を持つ死神……

朱夏はがばっと飛び起きて辰を覗き込む。

「なんや急に……？」

「素敵じゃん、目印になって照らしてくれる星から名前もらったなんて。まさしくシンのための名前だよ！」

辰は苦笑いをして「はよ寝とき」と朱夏にブランケットをかけた。

「私が迷ったら、これからも道しるべになってくれる？」

「ええよ、めっっっちゃスパルタやけどな」

「えーそれは嫌！」

辰は朱夏の首の後ろに腕を回して腕枕をする。

「……こんな毎日がいいな。帰ってきたらシンがいて、美味(おい)しいご飯食べて幸せで、これ以上なにもいらないくらい、ただただ楽しい感じ」

「せやな。毎日腹ペコなアホが帰ってきて、なんだかんだ世話焼いてんのもええな……で、美味い美味い言うて、俺の作ったもん食べてる姿見るのも悪ない」

身体を寄せ合いながら、星空を見上げつつ目をつぶった。

しばらく経って朱夏が静かに目を開けて隣を見ると、辰はすやすやと寝ていた。

朱夏はそおっと半身を起こし、夜空にひときわ輝く星に向かって祈る。

──どうか、ずっとシンと幸せでいられますように……

チャリーンという音が控えめに鳴る。

おそらく朱夏にしか聞こえていないだろう。辰は寝たまま動かなかった。

星空を飽きるまで眺めてから、朱夏は身体を横にすると辰の横顔を見つめる。

「おやすみ、シン。明日もよろしくね」

空には北極星が、隣には辰がいてくれる。この先、もしまた朱夏が立ち止まったり、道に迷ったりしても、いつだって道しるべがある。

周りの人も助けてくれるし、自分だってきっと助けることができる。

人はそうやって支え合いながら生きていくのだ。

寝ていたはずの辰の手が伸びてきて、朱夏の頭をそっと撫でた。優しい温もりを感じながら、朱夏は再度ゆっくり目をつぶるのだった。

もののけ達の居るところ
ひねくれ絵師の居候はじめました
1〜2
神原オホカミ
Ohkami Kanbara
ふたりきり、だけどにぎやかで温かい同居生活。
仕事がうまく行かず、
幻聴に悩まされていた瑠璃は
ひょんなことから、人嫌いの「もののけ絵師」
龍玄の家で暮らすことになった。
しかし龍玄の家からは不思議な『声』がいつも聞こえる。
実はその『声』がもののけ達によるもので——？
楽しく日々を過ごしているもののけ達と、
ぶっきらぼうに見えるが
優しい龍玄にだんだん瑠璃の心は癒されていく。
そんなある日、もののけ達の
「引っ越し」を瑠璃は頼まれて……

付喪神、
つくもがみ
子どもを拾う。
Tsukumo gami picks up a child
1·2

真鳥カノ

不器用なあやかしと、拾われた人の子。

美味しい父娘暮らし

店や勤め先を持たず、客先に出向き、求めに応じて食事を提供する流しの料理人・剣。その正体は、古い包丁があやかしとなった付喪神だった。ある日、剣は道端に倒れていた人間の少女を見つける。その子は痩せこけていて、名前や親について尋ねても、「知らない」と繰り返すのみ。何やら悲しい過去を持つ少女を放っておけず、剣は自分で育てることを決意する――あやかし父さんの美味しくて温かい料理が、少女の傷ついた心を解いていく。ちょっぴり不思議な父娘の物語。

◉各定価：726円（10％税込）　◉Illustration：新井テル子

付喪神、子どもを拾う。
2
真鳥カノ
あやかしと人の子。
不思議な父娘が繋ぐ
温かい絆
あやかし父さんのほっこりご飯で、お腹も心も満たします

灰ノ木朱風
Shufoo Hainoki
吉祥寺あやかし甘露絵巻
～白蛇さまと恋するショコラ～
ちょっぴり
甘くてドキドキの
居候生活
スタート!?
閑静な住宅街、緑豊かな吉祥寺の古民家カフェ『9－Letters』。店主であるパティシエール・玲奈は、あやかしの姿を見ることができる『見鬼』の才を持っていた。右鬼や左鬼――カフェを手伝うあやかし達と共に暮らす彼女はある朝、あたたかな体温を感じて目が覚める。なんと隣に美貌の男が潜り込んでいたのだ！ 美貌の男の正体は、白蛇のあやかし。彼は玲奈に『霖』と名付けられ、不思議な居候生活がはじまることになったが、幼馴染の陰陽師・七弦には思う所があるようで――？ ちょっぴり甘くてドキドキのあやかしファンタジー！
灰ノ木朱風
吉祥寺あやかし甘露絵巻
～白蛇さまと恋するショコラ～
ちょっぴり
甘くてドキドキの
居候生活
スタート!?
アルファポリス文庫
●定価：726円（10％税込）
●ISBN:978-4-434-32480-2
●Illustration：SNC

突然できた妹は、

角&牙がある半妖!?

小学生の時に母を亡くし、父とふたりで暮らしてきた女子高生の杏菜。ところがある日、父親が小さな女の子を連れて帰ってきた。「実はその、この子は、おまえの妹なんだ」「くり子でしゅ。よろちく、おねがい、しましゅっ!」——突然現れた、半分血がつながった妹。しかも妹の頭には銀色の角が二本、口元には小さな牙があって……!?　これはちょっと複雑な事情を抱えた家族の、絆と愛の物語。

半妖のいもうと
あやかしの妹が家族になります
蒼真まこ
家族賞受賞作!
アルファポリス文庫
母を早くに亡くし、父親とふたりで暮らしてきた杏菜。ところがある日、父親が小さな女の子をつれてきて——!?
角があっても牙があっても
大事な家族です!

◉定価:726円(10%税込)　◉ISBN:978-4-434-32303-4　◉Illustration:鈴木次郎

卯月みか
Mika Uduki

悩めるお狐様と人のご縁、
私たちが
結びます！

失恋を機に仕事を辞め、京都の実家に帰ってきた結月。仕事と新居を探していたある日、結月は謎めいた美青年と出会った。彼の名は、九重さん。小さな派遣事務所を営んでいるという。「仕事を探してはるんやったら、うちで働いてみませんか？」思わぬ好待遇に惹かれ、結月は彼のもとで働くことを決める。けれどその事務所を訪れるのは、人間界で暮らしたい悩める狐たちで——神使の美青年×お人好し女子のゆる甘あやかしファンタジー！

◉定価：726円（10％税込）　◉ISBN:978-4-434-32175-7　◉Illustration：Shabon

神さまお宿、あやかしたちとおもてなし
鈴の恋する女将修業
もふもふ
イケメン神さまに
強制嫁入りします!?
Naomi Satsuki
皐月なおみ

おもてなし
神さまお宿、あやかしたち
皐月なおみ
もふもふ
イケメン神さまに
強制嫁入りします!?

朝比奈希夜
訳あって
あやかしの子育て
始めます

朝比奈希夜
訳あって
あやかしの子育て
始めます
ほっこりドタバタ
住み込み生活♪

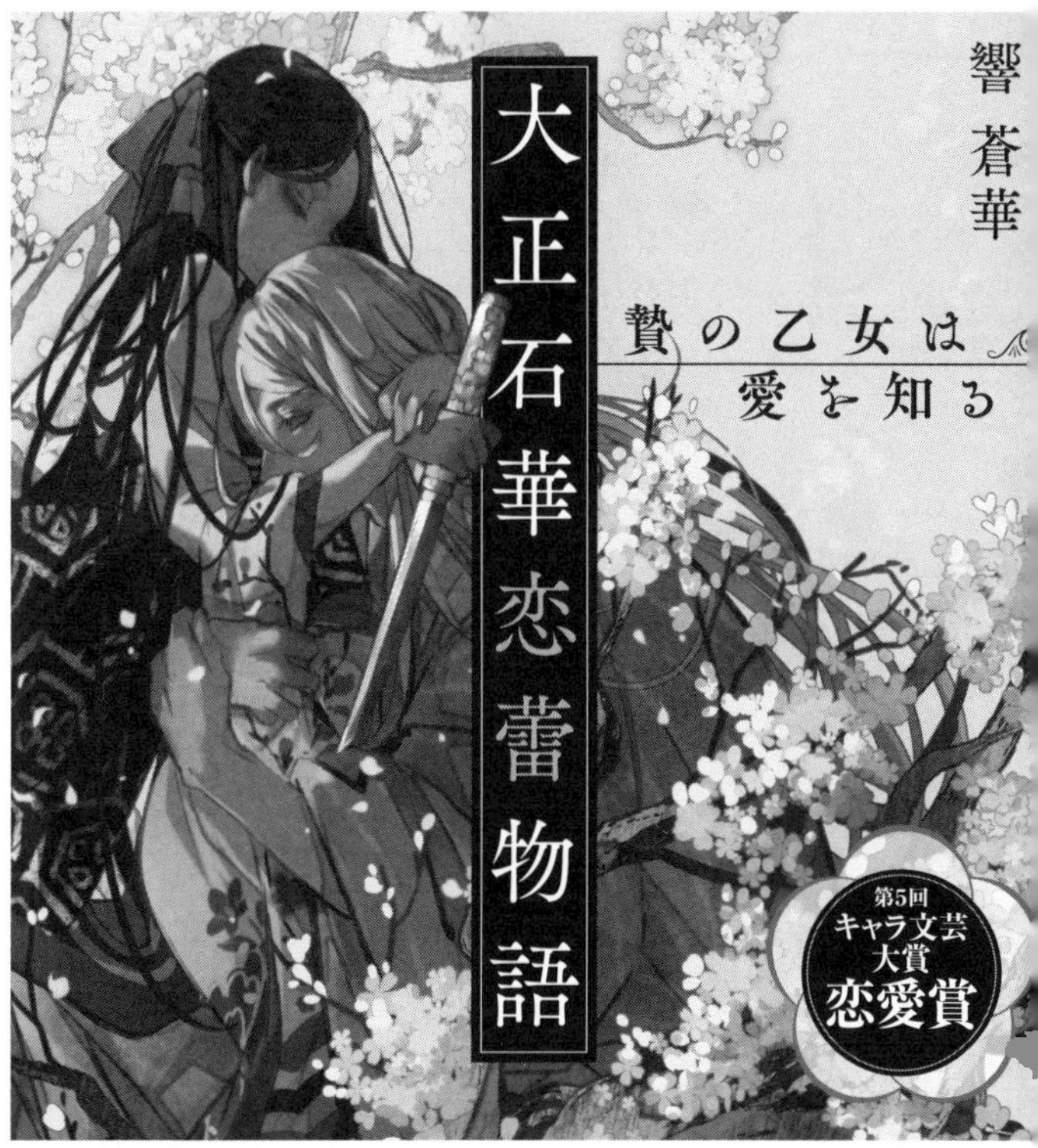

お前は俺の運命の花嫁

時は大正、処は日の本。周囲の人々に災いを呼ぶという噂から『不幸の菫子様』と呼ばれ、家族から虐げられて育った名門伯爵家の長女・菫子。ようやく縁組が定まろうとしていたその矢先、彼女は命の危機にさらされてしまう。そんな彼女を救ったのは、あやしく人間離れした美貌を持つ男——神久月氷桜だった。

「お前は、俺のものになると了承した。……故に迎えに来た」

どこか懐かしい氷桜の深い愛に戸惑いながらも、菫子は少しずつ心を通わせていき……

これは、幸せを願い続けた孤独な少女が愛を知るまでの物語。

定価：726円（10％税込み）　ISBN 978-4-434-31915-0

Illustration七原しえ

この作品に対する皆様のご意見・ご感想をお待ちしております。

おハガキ・お手紙は以下の宛先にお送りください。

【宛先】

〒150-6008 東京都渋谷区恵比寿4-20-3 恵比寿ｶﾞｰﾃﾞﾝﾌﾟﾚｲｽﾀﾜｰ 8F
(株) アルファポリス　書籍感想係

メールフォームでのご意見・ご感想は右のＱＲコードから、
あるいは以下のワードで検索をかけてください。

ご感想はこちらから

アルファポリス文庫

死神飯(しにがみめし)に首(くび)ったけ！ 腹(はら)ペコ女子(じょし)は過保護(かほご)な死神(しにがみ)と同居中(どうきょちゅう)

神原オホカミ（かんばら おおかみ）

2023年 8月 31日初版発行

編　集－本山由美・森 順子
編集長－倉持真理
発行者－梶本雄介
発行所－株式会社アルファポリス
〒150-6008 東京都渋谷区恵比寿4-20-3 恵比寿ｶﾞｰﾃﾞﾝﾌﾟﾚｲｽﾀﾜｰ-8F
TEL 03-6277-1601（営業） 03-6277-1602（編集）
URL https://www.alphapolis.co.jp/
発売元－株式会社星雲社（共同出版社・流通責任出版社）
〒112-0005 東京都文京区水道1-3-30
TEL 03-3868-3275
装丁イラスト－新井テル子
装丁デザイン－AFTERGLOW
印刷－中央精版印刷株式会社

価格はカバーに表示されてあります。

落丁乱丁の場合はアルファポリスまでご連絡ください。

送料は小社負担でお取り替えします。


ISBN978-4-434-32478-9 C0193